金色年代

潘壘 著

總序

無擾為靜，單純最美

宋政坤

記得三十年前大二那年暑假，我一個人待在陽明山，窩在學校附近的宿舍裏——避暑、看書、打球，日子過得好不愜意。那時候我瘋狂的迷上讀小說，其中最喜歡且印象最深刻的就是潘壘寫的《魔鬼樹——孽子三部曲》、《靜靜的紅河》（以上皆聯經出版）。那年暑假我糾結在潘壘筆下小說人物的內心世界裏，山與海彷彿都充滿著熱與火，劇情結構好像電影，有鏡頭、有風景，愛恨糾纏，直叫人熱血澎湃。那是我年輕時代裏最美好的一個暑假，此後就再也沒有過。總覺得那年暑假帶走我少年時最後一個夏季！那段山上讀書無憂無慮的日子，在我記憶裏總是如此深刻。

之後幾年，我一直很納悶，像潘壘這樣一位優秀的小說家，怎麼會突然就銷聲匿跡似的，再也不見蹤影？難道他已經江郎才盡？或者他早已「棄文從影」？又或者是重返故鄉，至此消逝於天涯？我抱持這樣的疑惑，直到真正遇見他本人。

那是十年前（二〇〇四年）某天下午，《野風雜誌》創辦人師範先生，很意外地帶著一位看起來精神矍鑠的長輩造訪秀威公司。當他們突然出現在辦公室時，我一時還真有點手無足措，當時我正和幾位同仁開會，小小的辦公室擠不下更多的人，開會的同仁們見狀一哄而散。我一得知坐在師範身旁的就是作家潘壘時，當下真是驚訝到說不出話來，不是矯情，真正是恍然如夢。因為有太多年了，我幾乎再也沒有聽過潘壘的消息；就像已經有太多年了，我幾乎忘掉那一個青春的盛夏！

我們好像連客套的問候都還沒開始，潘壘先生就急著問我是否有可能重新出版他的作品，而且如果能夠的話，他想出版一整套完整的作品全集。我當時才確認，潘壘八〇年代以後再也沒有新作問世。他突然丟出這個難題，我一時竟答不出話來，想到這套作品至少有上百萬字，全部需要重新打字、編校、排版、設計，這無疑將會是一筆龐大的支出，以當時公司草創初期的困窘，我實在沒有太多勇氣敢答應。對於這麼一位曾經在我年輕時十分推崇而著迷的作家，竟是在這樣一個場合下碰面，我實在感到十分難堪。在無力承諾完成託付的當下，我偷偷地瞥他一眼，見他流露出一抹失落的眼神，老實說，我心情非常難過，甚至於有一種羞愧的感覺。這件事、這種遺憾，我很少跟別人說，卻始終一直放在心上，直到去年。

去年，在一次很偶然的機會裏，我得知國家電影資料館即將出版《不枉此生——潘壘回憶錄》（左桂芳編著），秀威公司很榮幸能夠從中協助，在過程中我告訴編輯，希望能夠主動告知潘壘先生，秀威願意替他完成當年未竟的夢想，這次一定會克服困難，不計代價，全力完成《潘壘全集》的重新出版。對我來說，多年的遺憾終能放下，心中真有一股說不出來的喜悅。作為一個曾經熱愛文藝的青年，已屆中年後卻仍有機會為自己敬愛的作家做一些事，這真是一種榮耀，我衷心感謝這樣的機會，這就像是年輕時聽過的優美歌曲，讓它重新有機會在另一個年輕的山谷中幽幽響起，那不正是我們對這個世界的傳承與愛嗎？

最後，我要感謝《潘壘全集》的催生者師範先生，感謝他不斷給予我這後生晚輩的鼓勵與提攜；同時也要感謝《文訊雜誌》社長封德屏女士，感謝她為我們這個時代的文學記憶保存許多珍貴的資料；當然，本全集的執行編輯林泰宏先生，在潘壘生活的安養院裏花了許多時間跟他老人家面對面訪談，多次往返奔波，詳細紀錄溝通，在此一併致謝。

無擾為靜，單純最美。當繁華落盡，我們要珍惜那個沒有虛華、沒有吹捧，最純粹也最靜美的心靈角落。當潘壘的生命來到一個不再被庸俗干擾的安靜之境，當他的作品只緩緩沉澱在讀者單純閱讀的喜悅中，我想，一個不會被忘記的靈魂，無論他的身分是「作家」，或是「導演」，都將永遠活在人們的心中。

謹以此再次向潘壘先生致敬！

二〇一四年八月一日

目次

一

這是金祖灝金先生舉家由港遷臺的第三天，錢家從一大早就開始忙亂起來；自從錢先生在五年前去世之後，這簡直是罕有的現象。

這五年來，在這棟座落在中山北路三段的假三層花園洋房裏面，幾乎連稍為大一點的聲音都沒有發生過。錢太太摒絕一切應酬，甚至連大門也難得邁出一步。汽車當然賣掉了，但並不是為了錢，而是錢太太怕聽汽車的喇叭聲，它會使她想起錢先生從公司裏回家來的情形。這是她所不能忍受的。她覺得，丈夫的死似乎是一件不可能的事。太突然了，從發病到死亡，祇不過短短的半個月。她後悔在他中風之前沒注意他的體重和飲食。她後悔——總之，她後悔自己以前做的每一件事情。因此，她的悲痛就如同這些記憶一樣永恆。從那一天開始，她便將「半」個心靈貢奉到觀音菩薩的面前；去追悔，去尋求在這現實生活中她再也得不到的慰藉；而將另「半」個心靈，去愛護她那個已經二十二歲的獨子聖謚。

當然，按情理說，丈夫去世了，對於藉以傳宗接代的命根子倍加愛護是必然的事，但，她的愛和關切卻超乎常態：在她的眼中，他——錢聖謚愈來愈小了，小到像距離成年自立還有數不完的日子似的；她把他當作一個走路會跌倒的孩童，她注意他的衣著飲食，探究他的感情，忖測他的思想，幾乎連他的呼吸也得細細的數過。

可是，對於那個剛考進臺灣大學的女兒錢子蓉，她卻完全忽略了。彷彿這個家裏，根本就沒有這個人似的；雖然在這個大院宅裏面，除了下女阿美和一個叫做老袁的廚子之外，再沒有別的人。

現在，錢子蓉將她那輛唸中學時騎到現在的紅色女跑車從車間裏推出來，準備到學校去。錢太太正好在門口和老袁商量備辦的菜式，於是順口叮囑她下午早點回家來幫忙。

「我還能幫些甚麼忙？」錢子蓉無精打采地反問。

「甚麼忙？」錢太太有點生氣地說：「你就不可以陪金伯伯和家碧表姐他們談談啦？」「唔，還有那位姨太太！」女兒冷冷地補充一句。

錢太太正要責備她，她已經跳上腳踏車，使勁的踏走了。錢太太楞了一下，然後打發走廚子，再回到屋裏去。

「說話沒分沒寸的，越來越不像樣了！」她祇是這樣一想，便找到安慰自己的理由。「由她去，反正我和她說不上三句話——女大不中留，一點也不錯！」

這時，她纔看見阿美提著掃帚從樓上下來。

「我不是關照過你，樓上慢一點打掃的嗎？」她向梯口走過去，壓下嗓門呵責。

「大少爺都已經起來了！」

「他這麼早起來幹甚麼？」她問阿美，但對方沒有回答，而她也像是並不打算盤究下去似的，擡頭望望梯口。

阿美翻翻眼睛，走開了。錢太太好一會兒纔回轉身體，她環視著這個光亮潔淨的柚木地板大客廳，纔想起自己正忙著安排今天晚上為金祖灝先生洗塵的宴會。

「阿美！」她叫道。

下女來了，她又一時想不起要吩咐她甚麼，於是擺擺手，煩燥地說：

「你去忙你的吧，想起來了我再叫你——哦，大少爺的早點弄好了，就端來給我。」

阿美走開後，她忽然覺得現在自己對甚麼事情都那麼生疏，少少幾個客人就弄得手忙腳亂；她真不明白以前那些熱鬧的日子自己是怎麼應付過來的。

她忽然感到軟弱而疲乏，便摸著旁邊的沙發坐下來。但，適纔那個思想仍然攪擾著她：她記起當他們從上海到臺灣，剛搬進來時的情形；她還記得傢俱的擺法，後來，這個客廳便充滿了人聲笑語，一次接著一次的飲宴……

牆角的落地琴鐘響了，她醒覺過來。

「哼！」她苦澀地笑了笑，「這還有甚麼好想的！」

她知道自己這些感觸，完全是由金家引起的。

金家和她們錢家，非但字面上有關連，而且還是親戚。在大陸上，兩家共過事業，都發了點財；後來大陸淪陷了，錢先生比較有見地，搬來臺灣。而金祖灝金先生呢，先是留戀不捨，結果幾乎傾家蕩產，後來總算給他設法逃到香港。憑著以前的一些關係，再加上他的頭腦靈活，三幾年功夫，竟然將家業又重新撐起來。

這一點，錢太太對這位金胖子（這是熟朋友們慣常稱呼他的名字）佩服之至。不過，也有一點是使她大為不滿的：那就是金胖子並沒有將元配夫人——錢太太的表姐從內地接出來。這還不說，還在香港討了小的。據那天她在機場見到的，那位金太太的年紀很青，比家碧大不了幾歲，看打扮就知道不怎麼正派。

「倒是家碧這小鬼長大了！」錢太太愉悅地向自己說：「我還記得，她比聖謐小兩歲，比子蓉大兩歲，今年也滿二十啦……」

這就是她這幾天心裏的一點秘密。她覺得，以她的聖謚去配金家的家碧，是最門當戶對不過了。她記得以前他們兩家人時常開他們的玩笑；再說，金家祇有這麼一個女兒，而她的聖謚也是獨子，以兩家的關係和財力，她看不出半點說不攏的理由。而且，這事情如果成功了，那麼自己手頭上的錢，總算找到了穩妥的出路，比放在銀行裏生息好得多。對於金胖子的頭腦，她是絕對信任的。

所以那天當她突然收到金祖灝先生要來臺灣謀發展的信之後，便馬上回電表示歡迎。照她的意思，三樓反正空著，金家來臺之後，最好先住在一起，熱點鬧，等到找好屋子再說。那曉得金胖子橫說豎說總是不肯，說是怕打擾了她，一下飛機，便搬到圓山飯店去了。

這一來，更表明了金胖子今天的身價。當然，錢太太也是見過世面的，即使現在丈夫死了，事業完了，但手頭上還有個三幾百萬。她可以說根本無心去巴結金家；她的目的，說穿了，祇是想借這個機會替兒子在社會上安排一個出路而已。

因此，在今晚這個洗塵宴會上，她連一個陪客也不請。她認為這樣談起正事來方便些。而且她也有這份自信，她相信自己能夠打動金胖子，把兩家的實力併起來，好好的幹一下。

阿美端著早餐來了，她照例將托盤遞給錢太太，讓她親自端到樓上兒子的房裏去。

錢太太先檢查了一下托盤裏的早餐，然後接過來，當她正要上樓，忽然想起一件重要的事。

「佛堂裏的香你給我點了沒有？」她緊張地問。

「有點啦！太太叫我我就去點了！」

「你一定忘了先洗手？」

「有洗啦！」阿美用一種像是受了委曲的，不純正的國語分辯。

「阿彌陀佛！」錢太太鬆下一口氣，然後返身上樓。

她一邊走，一邊在想：在習慣上，她每天的早課是唸九遍心經，三遍金剛經（這差不多就打發掉一個上午），今天因為忙著請客的事，連香也要下女代點；雖然這也並不是沒有過的事，但心理上總覺得有點大不敬。所以，她幾乎是以一種責備的心情要自己在晚間補唸，同時還要多唸幾遍。

她用身體推開兒子的房門，看見聖謐連衣服都穿著好了。他站在窗前俯望下面的園子，像是在等待些甚麼。

現在，他回轉身，他的母親不解地問：

「怎麼，你這麼早就要出去？」

錢聖謐並沒有回答母親的話。他問：

「小李早上來過沒有？」

錢太太放下托盤，慈愛地笑著回答：

「你的小李那一天能夠不來！」

這是實在話：小李是錢聖謐中學時代的同學，從那個時候開始，就變成了錢聖謐的影子，寸步不離；錢聖謐需要他，比需要自己的母親更甚，因為他有許多令人無法想像的過人之處。小李的身材矮小，距離他夢想的五尺二寸還差一寸，但，這無損於他的尊嚴，「歷史上的英雄人物都是矮小的」。像他稱呼那些身材比較矮小的空軍一樣，他叫自己做「袖珍小生」；他的相貌，使你覺得熟悉，而分不出它那兒美那兒醜。他是樂天的，彷彿一切都為他個人而存在，這點性格，他在錢家表現得淋漓盡緻，比在自己的家中生活得更自然。在學校時，他幫助錢聖謐作弊，做狗頭軍師，出鬼主意；他甚麼都懂，而且甚麼都來，除了不能養孩子之外，這個世界似乎沒有甚麼可以難倒他的。但，這還不是使錢聖謚折服的原因，最重要的，卻是他的兩條腿和那張嘴。他肯跑腿，甚麼事情他都那麼熱心忠誠；至於那張嘴，更使平常拿不定主意的錢聖謚，凡事都聽從他的主意。

這方面錢太太對他也同樣的賞識；當他伯母長伯母短地喊的時候，心中有說不出的舒服。

「祇有小李最瞭解我！」這是錢太太常說的話。因為在這個家中，祇有小李對她的嘮叨聽得津津有味，對她「愛」錢聖謚的一切「措施」，都予以衷心的讚揚。

以錢聖謚休學這件事情來說，小李就是最得力的擁護者。

根據錢太太的想法：目前大學畢業之後，男孩子都得到鳳山去受兩年預備軍官訓練。這種訓練，她在新聞片上看到過：在大太陽下跑啦，十幾個人抛一根大木頭啦，在爛泥地上爬啦……等等——她的聖謚絕對吃不下這種苦頭。而且，一頭在臺北一頭在鳳山，相隔這麼遠，假如有點傷風咳嗽，誰去照顧他？她越想越覺得政府這件事情辦得沒有道理！他的聖謚是獨子，兵役法上也允許獨子緩召，為甚麼大學畢業之後就不能「緩訓」？或者「免訓」？總之，為了不放心兒子受訓，在錢聖謚唸大四的時候，她以患神經衰弱症為由替他休學了。她覺得，唸大學的目的祇不過是混一張文憑，好在社會上謀事立足而已；但她的聖謚不需要文憑，他用不著去替別人做事。再說「大人物也沒幾個是大學畢業的」！

就這樣，錢聖謚休學了。小李在錢太太面前大大的歌頌一番，說甚麼母愛偉大，無微不至。因為這一來，以後他便有很多時間和錢聖謚在一起，他自己也祇讀到大二就以一種從來不宣佈的理由停學了。錢太太也看在這一點，認為小李和她志同道合，對他更是另眼相看。

至於錢聖謚自己呢？他無所謂——他對甚麼都無所謂。他這一生中，從來沒有遭遇到任何一個需要他自己去解決的問題。每當問題發生時，他的母親便用錢、用人事、或者用她自己的「愛的主意」替他解決了。因此，他從小便養成了依從母親的習慣；雖然，有些時候他也有反抗的念頭，但，他從來沒有實現過；他不能拒抗母親對於他的那種強烈而豐富的「愛」，他感到束手無策，他不忍心拂逆她。同時，他也了解自己，他需要她。

現在，錢聖謐向母親淡淡的一笑，便坐下來用心的吃他的早餐。錢太太則過去替他整理被褥。她一邊喋喋不休地說著話，這些話就像她每天在佛堂裏所誦讀的經文一樣，虔誠而刻板。錢聖謐連半句也聽不進去，他心裏在想，小李來了，會對他說些甚麼話？那件事情……

在母親的面前，他是不善於掩藏秘密的，他偷偷的望了母親一眼，發覺母親正注視著他。

「你怎麼不把那顆魚肝油丸和維他命先吞下去？」錢太太叮囑道。

就在他吞服魚肝油丸的時候，園門的電鈴響了，他霍然站起來，拿著杯子跑到窗邊去。

「一定是小李！」他在心裏說。他看見阿美匆匆忙忙從屋裏走出來，到園門那邊去。他，很快的便回轉頭。

「是誰來了？」錢太太站在原來的地方問。

「家碧！」他沮喪地回答。

「家碧！」錢太太陡然興奮起來。「你看，她多守信用，說甚麼時候來就甚麼時候來——跟你金伯伯一模一樣！」

「請客不是在晚上的嗎？」錢聖謐不快活地問。

錢太太來不及回答兒子的話，因為金家小姐已經在園子裏「表姨媽！表姨媽！」叫開了。她連忙跑近窗口，探頭出去向下面的客人親熱地招呼著：

「家碧，請進來呀！」

「表姨媽纔起來？」

「那裏，」錢太太笑著回答：「連聖謐都起來了，我們在等你哪！進來吧，我們就下來！」

她望著金小姐走進屋，嘴裏喃喃地唸，像是這些話是說給背後的聖謐聽的。

「你看她打扮得多體面，又高貴又大方！」

回轉身，她看見兒子已經躺到牀上去了，這時她纔發覺他那種鬱鬱不樂的神色。

「你怎麼啦，不舒服？」她低聲問。

他淡漠地搖搖頭。

「那麼我們到樓下去。」她說。

「你自己去吧！」

她注視著他。從那天在機場迎接金家開始，她就發現他對金小姐的反應並不如自己那麼熱烈，當時她還以為這是他們分隔久了，而且都長大了的緣故；可是，現在她卻發覺問題並不如她想像的那麼單純了。

於是她試探地問：

「你不喜歡家碧？」

「誰我都喜歡。」他悻悻地回答。

「……」

他擡起眼睛，望了母親一眼，然後抑制不住地說：

「我就討厭她這種裝模作樣，像是在香港住過就了不起似的——我纔懶得下去！」

錢太太忍不住笑了。

「人家是小姐呀！」她溫和地解釋道：「那裏能夠跟你們男孩子比？大家小姐總有點大家小姐的派頭纔像話吧！」

樓下客廳裏的音樂響起來了，他們同時回過頭。但，音樂聲又突然止住了，停了停，再接著響起來。顯然金家小姐在挑選她喜歡的唱片。

他們同時過頭，互相望了一眼，錢太太便向牀邊走過去，拉著兒子的手。

「來，聽媽的話。家碧在下面已經等得不耐煩了。」

錢聖謐延宕了一下，終於無可奈何地從牀上起來，和母親一起到樓下去。剛走出房門，錢太太忽然說：

「去把那件外套穿起來。」

「甚麼外套？」

「就是金伯伯那天送給你的那一件。」

「我不穿，那種樣子不男不女的，我已經送給小妹了！」

「這怎麼可以？去拿回來！」母親急切地命令道：「這是人家金伯伯送給你的呀，你怎麼可以隨隨便便的拿去送給別人？」

「子蓉又不是外人！」兒子抱怨道：「而且子蓉也沒有幾件穿得出去的衣服！」「你用不著替她擔心；她自己會打扮她自己！」

錢聖謐知道這是一句實在話。儘管他嘴裏抱怨，仍然到妹妹的房裏去，將那件紅色的、「不男不女」的夾克穿起來，然後渾身不舒服的跟在母親後面下樓。

金小姐還在那架兩用落地收音機前面選唱片，看見她的表姨媽和「表哥哥」下樓，便做作地轉過身來。站立的姿勢就像在照相館裏拍藝術照。

「Hi!」她招呼道。

「家碧，讓你等急了吧？」錢太太歉疚地說。

「Don't be mind!」金小姐攤攤手。「表姨媽，以後別叫我家碧，叫我薇薇亞，Vivia是我的外國名字。」

錢太太快活地笑起來了。她說：

「甚麼？喂呀喂的我叫不來！」她回頭望聖謐。「這些洋名兒還是你叫吧！」

錢聖謐生澀地笑笑。身上這件衣服加重了他心裏的侷促。他的母親似乎覺察出來了，於是向金小姐問：

「家碧，你吃過早點了吧？」但沒等對方回答，她便接下去。「你們聽聽唱片，我去給你們弄些點心。」

金小姐不置可否，錢聖謐當然沒有意見。等到錢太太出了客廳，他們一時顯得無話可說。半晌，總算是薇薇亞金小姐比較大方，她先開口：

「你這件夾克真Joli!」

「你說這件夾克怎麼？」他沒聽清楚她說的話，雖然他心裏也在想這件外套，不過他是想將它脫掉。

「Joli!」她重複一遍，故意將嘴唇嘟起來，將音發得更正確一點：「Joli是法文，漂亮的意思。」

「這是你爸爸送給我的。」

「哦，我忘了，還是我陪爸爸在『連卡佛』買的呢——這種樣子和顏色現在最流行！Pink在香港已經過時了！」

「……」

金小姐吁了一口氣，過去重新把唱片拿起來，發現那支曲子的名字正好是法文。

「臺灣的大學不讀法文的嗎？」她回過頭問。

「文學院二年級就要開始唸。」他在大沙發的靠手上坐下來，不安地扯動著衣服的拉鍊。「不過我對法文沒有興趣！」

「我也沒有興趣，」她很快的接著他的話說：「我還是比較喜歡英文，我們在書院裏是規定用英文說話的。」

「偉大！」

「Vita?你說甚麼？」

「哦，我……我是說怪不得你的英文這麼好！」

她笑了，笑裏有一半是驕傲。

「你還是跟小的時候一樣！」

他的臉紅了起來，尷尬地地望她一眼。

「你總是喜歡改變自己的話，」她說：「在下飛機之前，我以為你已經大到不會認識你了！」

這句話有點傷錢聖謐的自尊心，因此他故意將腰挺挺直，肯定地說：

「我當然很大了！」

「我看不出。」薇薇亞用一種有特殊意味的聲調說：「不過你很討人喜歡！」

她的話使他微微的震顫了一下。而她則以為錢聖謐至少應該回答一句「Thanks」的，但竟然沒有反應。於是她索性不去理會這個「沒有半點男人味道」的男人，繼續去找她的唱片。

他望著她，她那鮮艷的衣著和豐滿的身段使他聯想到那位姨太太，他有一種輕蔑的感覺。當然，在她的身上，也有一種誘人的力量，但那種力量並不足以使錢聖謚傾倒。他喜歡比較溫柔含蓄的那一種女孩子。

他想起小李。怎麼還沒有來呢？他想：如果他來了，至少可以代他應付應付這位金小姐。

唱機那邊，金小姐絕望了。

「你們怎麼連一張爵士音樂都沒有？」她回過身來問。

錢聖謚本來想說：這架老式落地兩用收音機是買這棟房子時一起買過來的，和牆角那架鋼琴一樣；他們不懂音樂，除了開開收音機，這些唱片根本就沒有摸過——但，他想起剛纔她那些話，於是他故意提高聲調回答：

「我討厭爵士音樂！」

薇薇亞驚異地望著他，她想不到錢聖謚會這樣回答自己。她愕了一下，然後有點不甘示弱地問：

「你喜歡古典的？」

「唔。」他避開她的眼睛。

她忽然尖聲笑起來。

「你笑甚麼？」他困惑地問。

好一會她纔把笑聲止住。

「我笑你喜歡古典音樂！」她說。

「……」他惱怒地站起來。

「怪不得你這樣古古板板的！明天我送幾張Rock and Roll給你。」她望著他的臉，有點不相信地問：「臺灣連Rock and Roll都沒有聽到過？」

「我懂我懂，」他制止她解釋。「臺灣也很文明的，不過，我不欣賞這種粗野的怪腔怪調的東西。」

「My Goodness!」金小姐翻翻眼睛，喊道：「粗野？」她頓了一下，忽然指著錢聖謚正色地說：「我告訴你，你正需要那麼一點粗野！真的，絕對不是瞎說！」

錢聖謚心裏也承認這句話，不過，他不願意別人像是「指示迷津」似的指出來。他乾澀的笑了笑。

「然後，再學點怪腔怪調？」他問。

「Of course，」薇薇亞大聲反問：「Why not?」

現在，輪到錢聖謚發笑了，雖然開始的時候有點勉強，後來他真的連眼淚也笑了出來。

因為對方沒有笑，所以他停住笑。他望著她，發覺他與她之間已經沒有剛纔那倜促了，但，他討厭她的心情卻有增無已。他後悔自己為甚麼要笑。

「你把我搞糊塗了！」他說。

「我不懂！」

「我更不懂！大前天你在飛機場還說我很有點英國紳士派，現在倒勸我加點甚麼粗野，學點甚麼怪腔怪調？」

「不跟你說了！你完全誤會了我的意思！」

看見她生氣，錢聖謚有勝利的感覺。他忽然覺得：如果小李長得再高一點的話，和她倒是正好一對，就憑小李那一套，總夠她受的。她不是喜歡粗野一點的嗎？他看見過小李那副對女人的粗野勁兒。

他焦躁地看看錶。

「幾點了？」金小姐問。她一直在偷窺著他。

「十點二十五。」他冷冷地回答。

「啊！那麼我得走了！」

錢太太正好走進來，阿美端著茶點跟在後面。聽見金家碧說是要走，她急起來。從兒子的神情上她看出其中一定有甚麼蹊蹺，於是她熱切地挽留道：

「怎麼就走了呢？我還特地親自為你煮了咖啡呢！你看，這些蛋糕是在冰箱裏冰過的，聖謐喜歡這種吃法，說是另外有一種味道——你嘗嘗看！」

「留著回來吃吧，」金小姐瞟了錢聖謐一眼，說：「我現在想出去一下。」

錢太太有點失望，她問：

「你要到那兒去？你爸爸他們馬上就要來了！」

「我想出去兜兜風，臺北我還沒有好好逛過呢，」她回答：「我早上叫的Taxi還停在外面呢！」

「怎麼不早說，好把它回掉！」錢太太把話說出來，纔覺得自己顯得小氣，於是把話岔開：「這樣好了，你一個人也逛不出甚麼來，還是叫聖謐陪你去吧！」

金小姐笑了，她望著錢聖謐說：

「我怕聖謐沒有空。」

「他怎麼沒有空！」做母親的搶著替兒子回答，同時惟恐遲了會變卦似的，催著他們快點去。

錢聖謚無可奈何的被母親推到廳門。他為難地向母親說：

「我要換掉這件上衣。」

「為甚麼要換掉？」薇薇亞不解地問：「我還想叫你在裏面穿一件大花的夏威夷衫呢！」

最後，錢聖謚還是穿著這件紅夾克走了，走出園子的時候，金小姐穿的高跟鞋在小石子路上走路不方便，便習慣的伸手去拉著他的臂。錢太太站在露臺上，望著他們走出園門，心裏在想：

「真是天生的一對，而且，我看出家碧跟她老子一樣，有的是主意，我的聖謚就是需要這麼一個人照管照管他！」

二

這天晚上，金祖灝先生比較約定的時間遲到半個鐘頭。一進門，他便打躬作楫的向錢太太道歉，說是中午被幾個老朋友拉住了，去了一趟陽明山，回來順便看看他們的廠，談談生意經，所以沒趕上時間。

「大妹妳是知道的。」入席的時候向錢太太說：「我生平最痛恨咱們中國人的，就是不守時間——外國人就不這樣！」

「我早上還提起，家碧這孩子和你一樣，」錢太太恭維地說：「說幾點來就幾點來，連一分都不差！」

金胖子和她那位年輕的太太相視一笑。

「不過，」他補充道：「女人家跟男人不同，遲到幾分鐘纔有風度，喏，我這位太太就專門注意這種風度——」他突然張開嘴，說不出聲音。

金太太的手在桌子底下擰住金祖灝先生的大腿，但臉上卻文靜的望著錢太太微笑。

其實金胖子是為了表示失言，而表面上卻裝著是為了忠於自己的好習慣，自動要罰酒三杯，將那瓶特地為他開的三星白蘭地去了三份之一。

當然，這頓晚宴是異常豐盛，一個圓桌只坐六個人（錢太太和錢聖謚都預定小李要來的，但他始終沒有來），擺滿了菜，金胖子聽說這些菜是老袁做的，更是讚不絕口；因為在大陸上的時候，他是錢家的常客，碰到自己家裏請客，便情商借用老袁一天。於是他們由老袁，又扯到一些久遠的事情，而且談得津津有味。

但，金祖灝先生儘管怎麼樣和錢太太談往事，卻沒有半點忽略身邊的太太，他不斷的替她挾她所喜歡吃的菜，同時極力使她能加入他們的談話。

除開三個人，另外這三位年輕人卻很少說話，錢聖謐早上陪金小姐坐車子兜了幾小時的風，東轉西轉，轉得頭昏眼花，回到家裏來，她還不放鬆他。幸虧他想出了一個好主意，將櫥裏一本最厚的甚麼交響曲放了一遍，纔算在沙發上安安靜靜的靠了兩小時。薇薇亞為了表示自己的教養，也只好陪他「欣賞」。等到妹妹下課回來，錢聖謐如蒙大赦，將金小姐交了給錢子蓉，自已便溜到樓上去。

錢子蓉從小就對這位表姐看不順眼，再加上她現在花枝招展的打扮，這份盛氣凌人的神氣，她更不願多看她一眼。但，多年不見了，人家總是客人，於是只好和對方敷衍兩句。後來金家碧到錢子蓉的房裏去，後者不好意思拒絕；可是進了房，金小姐就像要找尋些甚麼似的，東看西看，竟然毫不客氣的拉開錢子蓉的衣櫃。

「你的衣服都在這兒？」她摸摸其中一件衣服的質料，回頭向臉色難看的錢子蓉發問。

被問的人本來打算發作，但她極力抑制住，只是冷冷的「嗯」了一下。她心裏想，她馬上就可以聽到對方的批評。她幾乎是以一種奇怪的心情等待著她的揶揄。可是，出乎她意料之外，金家碧關上衣櫃，便回到她的身邊在牀上坐下來。

「子蓉，」她摯切地說：「那天你沒到機場去，東西又鎖在箱子裏，所以沒有叫聖謐替你帶回來，結果今天來的時候又忘了——我送給你兩件晚上出去穿的夜服！」

錢子蓉知道她這個主意是臨時決定的，不過，她仍然很感激。女人到底是女人，她們的心有一面是最軟弱的。如果說錢子蓉為了這件事便對金家碧的印象稍為改變，那也是情理之中的事；因為母親忽略了她，她在家中變得無足輕重，少女的矜持和自尊在她的心中成了一種強烈的、渴求慰藉和報復的慾望。她之所以每天下課後寧可在同學家裏玩到夜沉纔回來，就是一個明顯的例子。

因此，這頓晚餐結束之後，她便拉著她的表姐到樓上自己的房裏去，繼續剛纔的談話。錢太太則礙於在金太太面前不便和金胖子說些甚麼。後來總算讓金祖灝看出來了，他便直截了當的告訴他太太，說是要到書房去和錢太太商量一些私事。於是便留下錢聖謚獨自在客廳裏陪他的金伯母。

他們離開後，錢聖謚尷尬地對坐在金太太的前面，思索了半天還是找不到一句適當的話和對方搭訕。金太太自己點起一支煙，一手扶著長沙發的靠背，看見他這種可笑的樣子，忽然忍不住笑出聲音來。

聽見金太太這種詭譎的笑聲，錢聖謚吃驚地擡起頭。他發現她的目光停留在自己的臉上，於是他的臉紅起來了，連忙從她的眼睛中逃開。

金太太噴了一口煙，開始用一種懶散的聲音問道：

「你多大了？」

錢聖謚記得那天在機場她也曾經這樣問過他的。

「二十二」。他簡短地回答。

「不像！」她頓了頓。「我總覺得你只是一個十來歲的小孩子。」

「我本來就是一個小孩子嘛！」

「小孩子？」她不以為然地叫道：「二十二歲了還是個小孩子！」

錢聖謚不響了，他困惑地望著這個美麗的（應該說是非常美麗的）女人，他覺得奇怪，金家的人說話怎麼都是這樣的？

「你盯著我幹甚麼呀！」

他驀然醒覺過來。吶吶地說：

「我，我不明白伯……伯母說的話。」

「以後別喊我伯母，我都給你喊老了！」金太太玄惑地笑道：「我只不過比你大三歲，如果外國算法，還要少一點呢。」

錢聖謚相信她的話，她實在太年輕了，年輕得不像是金伯伯的太太，而是他的女兒。「她嫁給他的錢」，這是他的結論。由這一點，他有點可憐她，但又覺得這是咎由自取，不值得同情。

金太太故意將自己本來就開得過高的旗袍下擺拉拉好，這種動作使錢聖謚感到很狼狽。

「你這個人真奇怪。」她以一種責備的口吻說。

他愧疚地低下頭。他打算再坐半分鐘，然後找個藉口把家碧和子蓉叫下樓來，可是，金太太接著又說話了。

「聖謚，我問你，」等到他再擡起頭，她纔說：「你有沒有女朋友？」

猶豫了一下，他含糊地回答：

「有的！」

她裝出一副不信任的神氣。

「甚麼樣的女朋友？」她又問。

「普，普通的——普通的同學。」他做著不必要的手勢。

「我指的不是這個，我是說比較好一點的，有點感情的。」

「那——那沒有！」他連忙否認。

「真差勁兒！」她不屑地說：「這麼體面的一位大少爺，居然連一個女朋友都沒有！」

錢聖謚自嘲地笑笑。他突然接觸到金太太那種溫暖的目光。他似乎窺見他所渴望的愛情：那是青春的，狂熱的，是一種充滿生機的力量，從他的血管中流遍整個生命。

他現在所看見的，不是金太太，而是深藏在心中的另一個人。

「假如有一天，」他向自己說：「她也這樣坐著，也這樣望著我——不過，她絕對不會說出那些話！她是那麼樸素，而且憂愁；是的，比較起來，我還是喜歡帶點憂愁的女孩子，尤其是當她淡淡的笑的時候……」

現在，金太太站起來了，錢聖謚的心不在焉使她有點失望。她是不甘寂寞的，她喜歡變動，喜歡發生一些意外的事故。她站著，錢聖謚仍沉耽於玄想中，於是她走過去扭開收音機。

一會兒，瘋狂的音樂驟然響起來。

「曼波！」金太太大聲喊道，然後扭動著身體，跳到客廳當中來。她一邊跳，一邊問正注視著她的錢聖謚：

「你會跳？」

「我不會！」他誠實地回答。

「很簡單——來！」她過去拉他的手。「我教你！」

錢聖謚可以說是被金太太勉強拖起來的。她拉著他的手，嘴裏唸著，教他跳基本步法，等到他的步子走對之後，她放開他的手。

「對了，一，二，三四五！」她說：「你看多簡單！好，現在我們轉——隨便，你喜歡怎麼轉就怎麼轉。對，啦啦……啦啦曼波曼波……」

她邊唱邊扭動起來……

這支音樂跳完之後，錢聖謐發覺自己開始有點喜歡她了，因為她自然，不做作，雖然她的舉動和談吐有些地方使他不免有所顧忌——她到底是長輩。但，他仍然覺得她是一個隨和而親切的人。

第二支曼波音樂又響了，這個節目正好是介紹曼波樂曲的。為了使客廳裏的氣氛更熱烈更神秘一點，金太太將聲音旋小，同時將客廳中央的大吊燈熄滅。

他們又跳起來。在黯淡的光暈中，錢聖謐注視著金太太的臉，心中有一種奇異的激動。

這個時候，音樂聲將錢子蓉和金家碧引下樓來了。

「喲，還怕人家看見啦！」金小姐提高嗓子喊道。

接著，錢子蓉將大吊燈扭亮了。

金太太並不理會，仍然瞇著眼睛繼續跳，但錢聖謐卻將腳步停了下來。他望著錢子蓉她們，他發覺她們的臉色不怎麼好看。

「咦，要跳就把它跳完呀！」金太太繞著他的身體轉了一圈，催促道。

錢聖謐又為難地望了金小姐一眼，他不知道自己應該繼續跳？還是應該馬上走開？

這邊，薇薇亞卻陰陽怪氣地嚷起來了。

「聖謐。」她挑釁地說：「陪江小姐繼續跳呀！」

金太太像是一心一意在跳舞，根本沒有把金小姐的話聽進去似的。但，當她跳近聖謐時，卻泰然地說：

「薇薇亞叫你跳呀！你聽到了沒有？以後就跟她一樣，叫我江小姐。這是禮貌！」

錢聖謐正在研究金太太的話，音樂就在這個時候完了。薇薇亞趁著這個機會，拖著錢子蓉到長沙發上坐下來。

「你這個人真不識好歹！」她半真半假地對仍然呆在客廳中央的錢聖謐說，語調間挾著那種類乎譏誚的特殊意味。「人家江小姐肯陪你跳已經是天大面子！你知不知道？江小姐的曼波，在香港頂頂有名的！」

「我好久不跳了！」金太太滿不在乎地說：「曼波剛流行的時候，我還得過兩個銀杯呢！可惜你們看不到香港的小報——咦，音樂怎麼沒有了？」

薇薇亞用手拐輕輕的碰了錢子蓉一下，後者誤會了她的意思，她連忙站起來。

「我給你們找，」她假作熱心地說：「反正最近的電台都著了曼波迷，不怕找不到！」

果然，錢子蓉只撥了一下便找到了。金太太顯然是有意的，索性脫掉高跟鞋，將錢聖謐從小沙發上拖起來。

他們又跳起來了。錢聖謐勉為其難地移動著生硬的腳步，不時回過頭來望望坐在大沙發上「欣賞」的人。

「你怎麼叫她做江小姐？」錢子蓉這個時候纔找到機會低聲問這位臉色氣得發白的表姐。

「這樣叫還是客氣的呢！」金家碧冷冷的回答，眼睛瞪著跳舞的人。「氣起來了我還要叫她做莉莉！」

「莉莉是甚麼意思？」

「哼！」薇薇亞嘴上露出一層獰惡的笑意。「三流紅舞女字呀，甚麼意思！」

「啊……」錢子蓉不自覺地掩住自己的嘴，喃喃道：「我說的，怪不得她的舞跳得這麼好！」

「你還沒有看見我跳舞吧？」金家碧有點不服地問。對方還來不及回答，她便接著說下去：「下個音樂你看我的！」

這個音樂剛結束，熱烈的掌聲接著在門口響起來了。

「要——得！」小李怪聲叫著，然後神氣活現地向他們走過來。

小李的到來，對錢聖謚來說，無疑是一座危城到了援軍。他興奮地迎了上去，然後替他向金太太和金小姐介紹。小李那雙發光的小眼睛只是那麼一掃，心裏已經替她們打了分數，然後，他彬彬有禮地微欠著腰，風趣地說：

「在下是湯米李，或者叫迷湯李！」

「或者是蒼蠅李！」錢子蓉惡意地接著說。

「那是一頭喜歡到乾淨地方的雄蒼蠅。」小李微笑著對她的話加以補充。

這句話引得這兩位女客人笑起來。

「他這個人真有趣！」薇薇亞隨即向錢子蓉表示。

「哼！你慢慢的看好了！」

小李從錢聖謚的眼裏知道他正急切的要聽他的消息，但，他不願破壞目前這種「可愛的氣氛」；因為在錢家說來，這是非常難得的。他以一種熱烈的情緒喊道：

「這麼好的音樂，你們繼續跳呀！」

金太太瞟了薇薇亞一眼，然後低聲向錢聖謚說：

「你叫湯米去請她跳！」

她說這句話的時候，小李在旁邊，他完全聽到。因此當錢聖謐有點無所適從地望望他的時候，他馬上拉拉領結，向金小姐走過去。

小李要請金小姐跳舞，她正求之不得。因為大家一起跳，她可以在子蓉面前證明自己對於此道也是個中能「腳」，同時可以讓她在自己與莉莉江之間作個比較。因此，她跳得特別起勁，花樣百出。

但，錢子蓉卻有點不舒服，她以為金家碧至少要搭點小姐架子的——雖然她也討厭她的架子。她看不慣小李的油嘴滑舌，甚至他的一舉一動。這並不是因為妬忌小李在家中比自己更受母親的重視，她已經決心不再期望母親的「愛」了；主要的，是她鄙視小李的為人。她時常在一旁冷眼旁觀，她看出小李到她家來的真正意圖；他陪伴自己的哥哥是有用意的，因為這是母親的弱點……

金太太向她坐的地方跳過來了。

「小妹，」她親切地說：「你去把金伯伯拖出來，讓他帶你跳！」

她搖搖頭。金太太知趣地跳開了。

下一個音樂是慢華爾滋，金太太聲明非要錢聖謐陪她再跳一個不可。她說她最喜歡這個曲子，這個曲子使她想起許多事情。於是便拖著他跳起來。

「還不是那些舞客和她的事情！」金小姐惡毒地低聲詛咒。

錢子蓉淡漠地不表示意見，她忽然發現自己十分厭惡這位表姐，她奇怪剛纔為甚麼會和她談得那樣投機。

「我一定不要她送我的衣服！」她向自己保證。

小李又拉拉領結，走過來了。但這次他沒有請薇薇亞，他站到錢子蓉的面前。

「小妹——」

「小妹不是你喊的！」錢子蓉正色地截住他的話。

「好，錢小姐，」小李嬉皮笑臉地改口道：「我有這份光榮，請你跳這們舞嗎？」

錢子蓉扳著臉回答：

「你先長高一點再說！」

這種話小李聽過無數遍，所不同的只是這一次是當著金小姐的面說的。不過，他很快的便像沒有發生過甚麼事情似的，既愉快而又自然。

「那麼我們就不跳，談談也挺有意思的。」說著，他便自管自地在靠著金小姐那邊的單人沙發上坐下來。

從這件不愉快的事情開始，薇薇亞就認為子蓉對湯米的態度有點過份，因此她對湯米的涵養功夫頗為欣賞，她覺得，他雖然矮小一點，但很勻稱，而最難得的是他懂風趣。時下的男孩子懂風趣的太少了！要嘛，就像錢聖謐那樣，甚麼都想又都不敢，不然，就自命風流，以為女孩子只要一看見他就會暈倒似的，令人作嘔。

現在，小李坐下來了，她同情而寬慰的向他笑笑。

「金小姐的舞跳得好極了！」小李阿諛地說。

「至少比你跳得好！」錢子蓉並沒有放過他。

「那還用說嗎？」

「蹦來蹦去，像個猴子似的！」

「子蓉！」金小姐捉住她的手，笑著制止。但，她的眼睛又回到在跳舞的人的身上。

小李看見了，他低聲說：

「金太太跳得可沒你好。」

「那裏，」薇薇亞有意味地說：「人家是——哼！」

他有點困惑，望著金太太。他發現錢聖謐根本心不在焉，把三步當四步跳。其實，小李的舞跳得不算壞的，但，現在他卻一本正經的向金小姐表示，他絕對要找一個機會更正自己的舞步。

「大概是人長得矮的原故吧！」他說。這就是他彌補自己的矮的一種技巧，這樣往往使別人覺得他謙虛，因而對他的矮便不忍再加以挑剔。

薇薇亞就出於這種心理，當然，最重要的還是由於小李說她的舞跳得比金太太好。

「你還算矮呀？」她緩和地說：「我穿高跟鞋纔和你一般高！」

「這就夠悲哀的啦！」他做作地吁了一口氣。「而且距離子蓉所要求的標準，至少還要長高一尺呢！」

「你識相的話最好少提起我！」

「好！遵命！」

發現小李油腔滑調的望著自己，錢子蓉索性站起來，說是要出去一下。她走開後，小李湊近金小姐。

「她心理變態！」他說。

「啊！」她吃驚地望著小李，但馬上又覺得他的話似乎有幾分道理，於是說：「我好像也看出一點。」

「憑良心說，我完全看在錢伯母和她哥哥的份上，不跟她多計較！」

薇薇亞同意他的話。

「你家跟表姨媽也是——」

「普通……」小李支吾過去：「我跟聖謐是同學！」

「哦，你也在臺大？」她問：「也沒有畢業？」

「大學還不是那麼一回事兒，混混罷了——你呢？淡江還是東吳？」

「我？」金小姐笑起來了。「我大前天纔從香港來吶！」

小李這個時候纔明白過來，錢聖謚曾經告訴過他，說是香港來了幾位親戚，因此他有點肅然起敬。

「怪不得！」他掩飾地嚷道：「我說的，我在臺灣就沒看見過你這套衣服的樣子！」

薇薇亞裝出一副矜持的表情，連音樂完了，金太太和錢聖謚已經坐下來了都沒有發覺。

「這不過是普通的衣服，」她平淡地說：「在香港書院裏唸書的女孩子——」

「您在那一家書院？」小李截住她的話。

「聖瑪利。」她用廣東話回答。

小李雖然聽不清。她說的「聖」甚麼？但這並不重要。因為那個「聖」字有宗教意味，他想像得出。

「那是一間貴族學校啊！」他說。

「貴族？」金小姐隨即抑制著自己，「呃，只是這……這家書院比較，呃——比較Distinctive一點！」

「Sure!」小李聳聳肩膀，也來一個洋動作。

收音機裏先來一串報告，然後宣佈聯播節目開始。金太太似乎聽得有點厭煩，於是向呆坐在一邊的錢聖謚說：

「聖謚，去換一個電臺！」

「甚麼電臺都一樣，這是聯播節目。」錢聖謚沉鬱地注視著有點樂而忘形的小李回答。

「真掃興！」她抱怨地說。順手從提包裏取出一支煙。

小李從薇薇亞的意態中找出她與金太太之間的矛盾，同時為了要繼續剛纔的談話，他突然熱心起來。

「還有個美軍電臺呐！」他喊道：「棒極了，都是最流行的歌曲，連一句廣告都沒有。」

他以為這樣一來，金太太又要拖錢聖謐跳舞了。但，竟然出乎他意料之外，金太太已經開始將她的高跟鞋穿起來了。

「算了！算了！」她說：「乾脆大家一起回圓山飯店去，還是跳樂隊有意思！」她數了數人，然後望著錢聖謐說：「人也正好三對——去，去叫金伯伯出來！」

聽說要去圓山跳，小李隨即舉手贊成；金小姐本來想反對的，不過她聽見江小姐已說正好三對，那麼錢聖謐毫無疑問的是自已的Partner了，為了表示自已並不怎麼發生興趣，她不同意也不否定，故意將眼睛望到別的地方去。在這種情形之下，錢聖謐當然不便表示甚麼意見。他心裏恨透了這幾個人，尤其是小李；他覺得今天甚麼都是亂糟糟的，他不習慣於這種紛擾——這種紛擾使他有不安定的感覺，他怕；但他不知道自己害怕些甚麼？

最後，他總算找到一個安慰自己的理由：

「大概是因為我急於要聽小李的消息的緣故吧！」

「怎麼，你不想去？」金太太搖搖他的臂，

錢聖謐無可奈何地站起來。

「好吧，」他冷漠地說：「我去叫金伯伯出來！」

他進屋裏去之後，小李纔低聲向金小姐發問：

「金小姐往在圓山飯店？」

「嗯。」薇薇亞點點頭。「我們剛來嘛，爹吔正在託朋友找合適的房子。」

「哦，那麼是打算在臺灣長期住下去了？」

「嗯，不過——」她瞟了江小姐一眼，發現她並沒有注意他們的談話，於是說：「也不一定。我還是喜歡香港！」

「我可討厭香港！」金太太在旁邊突然插口道。

「哦？」小李不相信似的回過頭去望她。「金太太不喜歡香港？」

「以後叫我江小姐！」她更正他的話，然後深深的吸一口煙，說：「所以我倒希望快點找定房子，要不然金先生又要變卦了——李先生對於房地產買賣有沒有甚麼熟朋友？給我們介紹介紹。」

小李猶豫了一下，他猛然想起了一個念頭。

「既然已經託了別人，」他笑著解釋：「我再介紹就不好意思了，我怕對方以為我在搶他們的生意。」

「這有甚麼關係！」江小姐說：「那麼說你有熟人囉？」

「我舅舅就是做房地產生意的，」他記得每天坐十路公共汽車到錢家來時，都注意到一家房地產公司。「就在中山北路二段，離這裏不遠！」

「那好極了！」

金胖子和錢太太就在這個時候出來了，顯然他們這次談話非常圓滿，臉上堆滿了笑；一邊走一邊還在說著已經完了，但是必需再補充幾句的廢話。因此，當金太太告訴他小李可以替他們找一幢合適的房子時，他纔算找到機會離開那個話題。

「這位就是李先生？」金胖子向小李伸出他那肥厚的大手，摯切地說：「那麼，這件事情就請你多費神囉！」

「對了，」錢太太接著說：「小李絕對有辦法，他是個臺北通！」

「伯母說的臺北通可不敢當，」小李連忙擺擺手。「只不過在外面多認識幾個人就是了！」

「這就對啦！在社會上，那一件事情是只憑一個人單鎗匹馬幹成功的？」金祖灝先生頓了頓，然後過去拍拍小李的肩頭，向錢太太誇讚道：「這位老弟將來一定大有作為，我看得出！」

小李儘管平時鬼靈精怪，但，這個時候，卻突然不好意思起來。他看見錢聖謚站在前面瞪住他。

接著，金生先大略的說了說他心裏要找的房子的條件：不要離市區太遠，最好是鬧中取靜，有花園更佳，客廳愈大愈妙，房間不妨多幾個。

「因為將來從香港來來往往的朋友一定很多，」他說：「我甚麼都怕，就是不怕熱鬧！」

「你是越長越回去了！」錢太太笑著說。

「是嗎？」金胖子笑起來。當他回頭去徵求他那年輕的太太的同意時，纔發覺自己把大事都忘了。

「該死！」他嚷道：「真是越老越糊塗了，我們不是要回圓山飯店去跳舞的嗎？」

結果，無一倖免；年輕的不用去說，連向來大門也難得跨出一步的錢太太也被金胖子的熱情感動，終於答應和他們一起到圓山飯店去。

三

但，這個晚上他們在圓山玩得不怎麼愉快。在錢家動身之前，錢子蓉最初堅持著不肯去。雖然她並沒有說出甚麼理由，而原因卻非常明顯：她沒有甚麼可穿的衣服。即使她那套她最心愛的淺玫瑰色夜服穿起來，和薇薇亞相形之下，仍不免有點黯然失色——這僅是指衣服而言，在容貌和氣質上說，錢子蓉的美是自然的，不加修飾；她的短髮使她脫不掉那份稚氣，圓圓的大眼睛和那張小巧的弓形的嘴，卻那麼強烈的顯示她的真純的執拗。至於後者，除了她的鼻樑曾經被手術不高明的整容醫生墊高，因此顯得礙眼之外，她的相貌的確沒有甚麼值得挑剔的地方；她年輕，但卻有一副少婦所特有的意態，她以為這樣會使自己更媚人點。其實，她那畫得太濃的眉毛，顏色太深的唇膏，過份矯飾的動作和太刺眼的衣著，並沒有幫助她，甚至破壞了她，使她予人一種華而不實，而且有點庸俗的感覺。——後來，錢子蓉在她的母親和金伯伯再三「敦勸」之下，纔算是勉強應允，不過，她聲明祇是陪大家去而已，她絕對不跳舞。

因此，她索性不換衣服，祇穿著一條黑布裙，白襯衣，外加一件灰色的毛衣，便下樓來。錢太太大為不滿，她沉下臉色睨望著女兒；認為她有意在客人面前丟她的臉；女兒也許有這心理，可是她卻不敢發作。因為錢聖謚提醒她：

「小妹本來就沒有衣服嘛！你叫她穿甚麼？」

錢太太的目光回到兒子的臉上，她知道他也是不想去的，於是她生氣了，她用一種不快的語調說：

「那麼你也想不換了？」

兒子不再說話，但不是馴服。他走到梯口，又回過身來叫了一聲小李。

從金祖灝先生拍拍他的肩頭開始，小李的整個思想便被「怎樣替金家找一幢合適的房子」這個問題佔有了。因此當錢子蓉聲明自己到圓山絕對不跳舞，他竟然毫無反應，像是這件事根本與已無關，他覺得這樣也好，他可以多得到一點時間來考慮怎樣進行這個問題。所以現在錢聖謚叫他，他仍然毫無所覺。

「小李，」錢太太隨口說：「去吧，上去幫幫他的忙，替他把衣服換換。」

他們上了樓，進了房間，錢聖謚馬上回轉身對著小李。

「你究竟怎麼搞的嘛！」他怨恨地說。

「你問我？」小李狡猾地笑起來。「我正想問你呢！」

錢聖謚沉默著，微惱地盯著小李。

「怎麼，」小李表示不明白對方的意向。「你真的還要去追……」

「甚麼意思？」錢聖謚悻悻地問。

「不是已經有了嗎？」

「有甚麼？」

「嘿，裝得真像呀！」小李指指樓下。「薇薇亞金呀！」

「她怎麼樣？」

「還不行嗎？」小李真的不懂了。「又漂亮，又高貴，家裏又有錢……」

「你如果有胃口，你就追嘛！」錢聖謚認真地說：「我正想幫你拉拉呢！」

現在，小李反而說不出話了。他注視著錢聖謚半晌，纔低聲問：

「你不是存心開我的玩笑吧？」

「你以為我會喜歡她？」

小李從錢聖謚的意態和聲音中知道他說的是實話，於是有點激動起來。

「這是你說的！」他說，隨即又覺得這句話很幼稚，於是他含糊過去，將上衣口袋裏的一張卡片掏出來。

「又是甚麼東西？」錢聖謚不耐煩地問。

「還不是你的事！慢點，」小李伸手阻止他，然後搖搖手上的卡片說：「我唸給你聽——你知道我花了多少功夫，跑了多少寃枉路，纔替你打聽出來的？」

「我知道！我知道！快點告訴我！」錢聖謚迫不及待地催促著。

「可是樓下還在等我們吶！」

「管他的，讓他們等等好了。」

小李表示拗不過他，於是他重新拿起卡片，開始唸下去。錢聖謚注視著他的臉，靜靜的聽著。

「她姓梁，名叫若榆……」

「甚麼，梁甚麼？」

「若榆！若然的若，若無其事的若；榆就是榆樹——呃，木字旁，那邊是個俞字，」他比著手勢，困難地解釋：「就是偷東西的偷字去掉人旁。」

「哦，梁若榆！」錢聖謚有意味地重複著這個名字。小李笑了笑，繼續唸下去。「今年二十歲，一女中畢業之後就沒繼續唸書，現在——」他頓了頓，似乎要看清卡片上自己寫的字。「呃，現在……每天上午到周月娥舞蹈研究所練鋼琴，然後回家，下午七點鐘又到舞蹈研究所工作——學生跳舞的時候，她鋼琴伴奏，然後，到十點左右再下班回家。」

「她的家在那裏？你有沒有打聽出來？」

「這有甚麼難？」小李回答：「明兒早上……」

「明兒早上？」錢聖謚嚷起來。

「你不去圓山啦！」

「……」

「好了，換衣服吧，」小李勸慰地說：「而且，現在去也不是時候。這樣，明天我們到舞蹈研究所外面等她，她練完琴總要回家的呀！好，那麼我們就送她回去，在路上找些話和她談談……」

錢聖謚緊緊的咬著下唇，思索著，忽然擡起頭來望著小李。

「你說她真的不討厭我嗎？」他說：「你看那天，她連一句話也不說！」

小李笑起來了。他解釋道：

「唉！你要一個女孩子第一次見你的面——她根本還不認識你！就要和你談話，就要表示她很喜歡你，那是不可能的呀！你說是不是？」

錢聖謚也忍不住笑了，他驀然充滿了信心。因此，當樓下大聲催促他們時，他完全是以一種愉悅的心情再下樓去，雖然在這整個晚上他所表現的是那麼的不快活。

他這種微妙的心情衹有錢子蓉一個人覺察到。她是最了解他的，她同情他；而錢聖謚也時常將過多的「母愛」偷偷的分一些給這位渴望從家庭中得到一些溫暖的妹妹，因此，他們之間的感情，非但是兄妹，而且是最好的朋友。

「他心裏一定有甚麼鬼？」她向自己說。

當她在圓山受夠「洋罪」，好不容易纔挨到終場（因為薇薇亞的興緻太好的緣故），然後，精疲力竭地回到家裏來。母親為了要補足這一整天未唸的神課，單獨留在樓下的佛堂裏。她便借著這個機會，到哥哥的房裏去。

「你怎麼還不去睡？」錢聖謐一邊扣著睡衣的扣子，一邊問。

「明天是禮拜！」錢子蓉淡淡地回答。

糟糕！錢聖謐驀然一驚，他想：明天是禮拜，那個女孩子——梁若榆會不會到舞蹈研究所去練琴呢？他忽然發覺妹妹的眼睛正瞅著搭在椅背上的紅夾克，於是他歉疚地指著那件衣服說：

「我根本不願意穿它的，可是……」

「我知道，」她苦澀地笑著。「因為金家的人來了，媽一定要你穿——本來是送給你的嘛！」

他煩亂地搓搓手，過去拿起那件夾克。

「我還是送給你！」

「不，我不要！你以後還要穿的！」

他知道妹妹的個性，除了他自己，世界上沒有人能勉強她的。於是他又放下那件夾克，想了想，說：

「這樣好了，你到拍賣行去看看，你喜歡那一件，我想法問媽要錢來買給你。」

「然後，」她接住他的話：「再騙她，說是錢在路上不小心丟掉了？」她掩著嘴笑起來。

錢聖謐並沒有理會妹妹這個揶揄他的笑話，因為事實確是如此；她的母親永遠不相信他有照顧自己的能力，所以這種藉口是永遠不會被母親識破的。

「呃——」他提議道：「你還是做一套夜服吧，你不是正愁出去沒衣服穿嗎？」

「我先問你：你準備用甚麼理由向媽要錢？」

「太多了，」他說：「比方要買唱片！說是金家碧愛聽甚麼甚麼音樂，諸如此類的……」

錢子蓉的小嘴突然嘟起來，她冷冷地問：

「你真的喜歡她？」

「喜歡她？」他叫道：「誰說的！你還看不出來？」為了要進一步表明心蹟，他詭譎地低聲說：「我告訴你吧，我這兩天跟小李在進行一件事情。」

這正是錢子蓉進他房裏來的主題，於是她急急地追問，到底是甚麼事？但，經她這一問，他反而不敢——不好意思說出來了；他認為不應該將這件事情告訴她，雖然他對她從不隱瞞任何事情，可是他覺得這件事情應該例外。

「即使要說，」他心裏在打算。「也得等到事情成功了再說，這究竟是一件並不怎麼名譽的事情呀？」

「我數三，你再不說我就不聽啦！」她喊道。

「呃……」他困難地咬咬嘴唇。

「我不聽了。」

錢聖謚忽然捉住一個可笑的念頭，他連忙的：

「好，我跟你說，不過你可得守秘密？」等到錢子蓉回過頭，他纔說：「我想把金家碧介紹給小李！」

等到錢子蓉把這個主意弄明白之後，她馬上附議。因為這樣一來，小李便不會再來纏擾自己，而自己也可以真真正正的作一個「觀眾」，靜坐一旁欣賞這一幕「醜劇」。

「你看會不會成功？」錢聖謐問。

「這很難說，」她回答：「不過，也很可能！」

「可能？」

「你跟那個姨太太在樓下跳舞的時候，小李跟金家碧談得滿投機似的——正好！一個喜歡誇耀，一個懂得奉承！」她忽然認真地說：「不過事情不會這麼簡單！你不喜歡沒有用，媽喜歡她！」

妹妹這種偵伺的目光使他不快，他忿忿地說：

「媽喜歡她又怎麼樣？她總不能強迫我跟她去喜歡呀！」

「你看吧！」錢子蓉簡截地結束她的話，然後離開房間；讓錢聖謐呆呆地坐在牀邊，去想這個煩惱的問題。

四

第二天的一大早，小李便從牀上——應該說是從那隻一個榻榻米大小的壁櫥裏跑下來。他的家實在太小了，小到使他從來不敢將地址告訴任何人。在廈門街一帶，像這種小型日式平房是很多的，所不同的就是李家和別人兩家合住一撞；因此李家除了有一個四蓆半大小的客廳和一個三蓆的小臥房之外，廚房厠所就得兩家合用；而另一家——主人在一家小營造廠裏做事的趙家，卻比較大些，他們有六蓆的客廳和四蓆半的臥室。

在這種情形之下，那間三蓆的臥室當然是屬於李家夫婦，小李和他的那個成天啃書本的哥哥李文楝則在客廳打地舖。但，自從小李停學之後，他便佔用了壁櫥，因為他已經養成愛睡懶覺的習慣，睡在客廳裏遲起不方便。

其實今天小李起來的時候，家裏的人都早已起牀，但對於小李來說，這仍是相當難得的。

戴著一副深度近視眼鏡文楝不聲不響的吃了一碗泡飯，惟恐會被人搶走似的緊挾著講義夾子，沿著水源路步行到學校圖書館去了；李太太剛從離家不遠的菜市場回來，嘴裏在不斷的咕嚕著一些不如意的事；比如菜販子擡價啦，賣肉的勢利眼啦，等等。而那位昨天晚上曾為了幾張草紙和她吵過幾句嘴的趙太太則盡棄前嫌，也借著這個機會搭起訕來；李先生坐在客廳靠窗那張籐椅上讀報，對她們這些絮聒充耳不聞。

現在，小李跳下來，連懶腰帶呵欠差不多接連著一兩分鐘，然後順手拉上壁櫥的紙門，向厠所走去。

李太太在廚房剝著豆莢，看見他從厠所裏出來後隨即便拿起那把脫毛牙刷含在嘴裏，於是不免有點困惑。

「這麼早就要到錢家去啦？」她問。

小李若有其事地搖搖頭，繼續刷著牙，直至他將那口牙膏沫吐出來，纔回答母親的話。

「我今天有非常要緊的事要去跑，」他說：「昨兒晚上回來的時候，你們都睡著了，所以我沒告訴你！」

「是不是錢伯母又託你代她去辦甚麼事？」李太太問這句話的時候，臉上有一種得意之色，她把「錢伯母」這三個字喊得非常親切，像是李家和錢家是世交，熟到不能再熟似的。她望著兒子的臉，希望從他的神色中窺出這件事情的性質。和成功之後可能得到的好處。

小李明白母親的心意，為了要強調這件事情的重要，他用一種輕蔑的口吻說：

「錢家的事兒有甚麼跑頭！」

李太太的手停住了，她驚訝地注視著他。

小李漱完嘴，然後用手抹抹嘴角，裝作平淡地說：

「昨兒晚上吃過晚飯，金伯伯就拖著我們到圓山飯店去玩，跳得累死了！」

「呃，」李太太瞟了趙太太一眼，低聲問：「你說的金伯伯是誰呀？」

「錢家的親戚！剛從香港來的，準備在臺灣發展一下！」

「哦……」

小李露出一副躊躇志滿的神氣，像是回味著昨晚在圓山的情景。

「一個人有錢真沒有話說，」他吁了一口氣，然後用一種羨慕的聲音說：「在圓山飯店住一天就得付五百塊錢房錢！」

正在搧爐子的趙太太突然回過頭，她始終在注意著李家母子的談話，現在實在有點情不自禁了。她驚異地嚷道！

「五百塊錢一天？」

「這是套房，便宜一點的當然也有！」小李淡漠地回答，他望著正在替別人計算一個月要花多少錢的母親。「金伯伯他們住兩間，祇住一個短時期，正在找房子！」

李太太馬上明白過來了，她連忙放下手上的東西，向兒子示了一個眼色，然後走進臥房裏去。

小李剛踏進房，李太太便急切地拉住他問：

「是不是金伯伯託你去替他找房子。」

他自炫地點點頭。

「啊，」母親被這個消息惶惑住了，她吶吶地低喊道：「那，那麼——你……」

「我當然有把握！」他充滿自信地說。然後，他簡略地將昨夜在錢家所發生的事情向他的母親復述一遍；當然，話裏免不了有點添枝加葉，尤其是說到金家小姐的時候，他便抑制不住內心的那份喜悅，竟然自作多情起來。

李太太對於兒子的話深信不疑，因為他的神情和語調已經證明他說的都是實話，絕非揑造。而且，她還可以將他以前談到錢家小姐時的神情加以引證：他時常在她的面前提起「小妹」，但絕對沒有現在他說金小姐時那樣興奮和激動。

「大概我跟她有緣！」小李輕喟地結束自己的話。

「可不是，」李太太幾乎快樂得淌眼淚了，她接住他的話：「怪不得我這兩天眼皮老是在跳！」

小李的心裏馬上作了一個決定，他認為剛纔這些話已經生效了。於是他再把話牽入正題。

「祇要這次事情跑好了，賺他個一萬八千的——哼！」他聳聳肩膀：「看吧，誰說小李不像個公子哥兒？」

李太太笑得眼睛瞇成縫。兒子這句話，就等於向她保證以後絕對有好日子過，至少，她想：也該換一間像個樣兒的房子，要不然，兒子怎麼好把金小姐帶回家裏來？不過，她突然想到，一萬八千可不是一個小數目？她每期對愛國獎券的時候——當她發現特獎和頭二三獎都沒有希望的時候，她祇盼望能中五千塊錢，她覺得這個家，祇要有五千塊錢就很不錯了。於是她問：

「真的有這麼大的好處嗎？」

小李裝出一副困惑的神氣，彷彿聽不懂母親的話。

「你曉得金伯伯要找的是甚麼房子？」他繼續說：「現在外面的行情你一點都不懂，起起碼碼的日式房子都要十來萬一幢吶！你想，住得起圓山飯店，肯去住這種小器的日式房子嗎？」

她順著他的手，望了望滿是水漬花紋的天花板和已經發黃的粉牆。

「我算給你聽，」他說：「一幢有個小花園，不大不小的洋房，說少點也得要個三四十萬吧——好，我就算它三十萬！照一般的規矩，康米新最少是百分之五，三五一十五，就是一萬五！同時，在金伯伯這一方面，總不見得不表示一點意思吧？」

「這就叫運來推不開啦！」李太太激動地喊道。

「所以，我馬上要兩百塊錢。」小李直截地說。

「要兩百塊錢？」她緊張起來。「你前天纔拿去五十塊，這兩天的菜錢都是……」

小李伸手去阻止母親說下去。

「這不是普通的事情呀！」他分辯道：「不用點小錢就賺得了大錢啦——？祇要事情成功……」他沒再說下去，祇望著母親的臉，停了停，纔慫恿地說：「你想想看有甚麼辦法！」

於是，沉默開始了。在小客廳裏讀報的李先生這時纔發現自己忘了看報，這也許是因為房子太小，或許是他們的聲音太大，因此分散了他的注意力；不過，雖然他完全聽到了他們的談話，但，他卻毫無所動。他是一個純粹的個人主義者，這是指他的精神生活上而言，他並不自私，恬淡而輕逸。他不關心任何事情，也從不為任何事情發愁；他認為一切都是命定的，用不著去抗拒。因此，長子的勤奮學業和小李的遊手好閒他一視同仁，不表示讚成也不表示痛惡。

現在，當他正要站起來，準備到淡水河堤那邊去散散步的時候，他聽見自己的太太在隔房說：

「這樣吧，我去跟趙太太打個商量看看。」

為了儘量使自己不被牽涉到這件事情裏面去，李先生悄悄地走出玄關，穿上鞋，然後悄悄地走了。

出了巷子，他便沿著狹窄而擁擠的廈門街向上面的河堤走上去。這是他的習慣，幾乎連雨天也不例外，他每天早上都得到河堤的茶棚裏去消磨；在那兒，他可以和那幾位與世無爭的老朋友（在那兒認識的）對弈一兩局，或者坐在堤邊釣釣魚。可是，現在他卻被剛纔在家裏聽到的那件事情騷擾著；他知道騷擾的原因並不是為了錢，而是事情成功了的後果。

「不用問，」他笑笑。「一定鬧得雞犬不寧！」

他有點害怕——他從來沒有害怕過甚麼，但，現在他真的有了這種感覺：他怕錢會擾亂了他這種自得其樂的生活。上了河堤，他注視著靜靜的淡水河和前面的川端橋，他忽然平靜下來。

「事情不會這麼容易成功的，絕對不會成功的！」他肯定地向自己說：「你以為趙太太真會借錢給他們？昨晚纔吵過一場！」

這樣一想，他心裏舒暢了。他老遠的便看見茶棚的于老闆在堤邊裝模作樣地在打太極拳。

可是，出乎李先生的意料之外，李太太向趙太太借錢的事，卻成功了；幾乎用不著她多加解釋，後者馬上滿口應承。原因很簡單：他們母子進房去談話的時候，趙太太並沒有放過這個竊聽的機會。她想，李家雖然和他們合租房子，但每逢付房錢的時候便有枝節，結果總是趙先生暫先代墊，然後再由李家零零碎碎的湊還。為了這種事，她不知道和自己的丈夫吵過多少次，她認為他心地太軟了，而她是不願意吃虧的。現在，她覺得小李這筆生意如果成功了，李家有了幾個錢，便會清還欠她的債務，而且日後免掉許多麻煩。所以，當李太太一開口，她便笑瞇瞇的答應了。她說，正好趙先生的一個親戚交了一小筆錢託她代放，利錢衹收三分。

「當舖也得一角呢！」她補充道：「而且你還得有東西去押！」

李太太當然沒有和趙太太計較利錢，她衹含糊地向對方透露一點消息，說是這筆錢很快地便會歸還。等到趙太太將錢給了她，她便慎重其事的放到小李的手心裏，同時叮囑又叮囑，要他努力去跑，這件事衹許成功不許失敗。

小李順手將兩百塊錢塞進褲子口袋裏，一邊在小鏡子前面結領帶一邊說：「你說我替錢家跑那麼多事情，那一次我失敗過？」

「我知道你能幹！」李太太得意地點點頭，替兒子拉拉襯衣的後領。「成功了你也該做套把像樣點的西裝，要不然金家的小姐……」

「這點你放心，你害怕我會給她看出來？」

兒子這句話稍為傷了李太太的自尊心。這就是所謂人窮志短吧！她在心裏說，而另一個思想卻在勉勵著她。

「我們就是窮，也不見得會窮一輩子，」她掙扎道：「祇要你有志氣，說不定那一天就……呃，你不是說金伯伯要在臺灣發展嗎？」

「嗯。」

「那麼你可以請錢伯母跟你說說，在金伯伯那裏找個總務之類的甚麼肥差事幹幹吧？」

「等這件事兒辦妥了，還用得著錢伯母去替我說嗎？」小李傲然地偏過頭。「而且，薇薇亞自己也會……」

「喂喂楊是誰？」

「薇薇亞！就是金小姐的外國名字。」小李穿起上衣，看了看錶叫起來：「哎呀！我得走了！今天是禮拜天，報上的房屋廣告一定很多！」

李太太送兒子出門口，臨走之前還吩咐一句：

「一有甚麼好消息，馬上回來一趟，知道嗎？」

「曉得！」小李不耐煩地回答，然後跳上巷口的一輛三輪車，神氣活現地命令著：「走！快點走——包鐘頭，一點鐘『鄂科』（臺灣話五塊錢）！」

五

小李到了大街上，先在報攤上買了幾份日報，用鋼筆在房地產分類廣告欄上勾出合適的房子，然後安排線，再坐著三輪車一家一家地看過去。

最初，他非常失望，他總覺得所看的那些房子不夠理想，和金伯伯的身份不相稱；他認為，房子即使不必比錢家的大，但至少也要比錢家的更有氣派，因此，他愈看下去愈感到渺茫。最後，當他看完劃定的最後的一家「簡直不成話」的房子，他完全絕望了。他站在門口，無精打采地吁了一口氣，然後跳上三輪車，命令車伕踏他到中山北路三段去。當他經過那家房地產公司——就是他昨晚告訴金太太，說是他舅舅開的那家房地產公司的時候，他很想下去打聽一下。不過，他馬上又阻止自已，因為這樣一來，佣金方面就得大大的打折扣了。

「今天沒有，明天還有呢！」他自言自語地：「金伯伯再急也不會在乎這幾天吧！」

突然，他發現路旁的電燈柱上貼有一張紅紙，由於車子很快地拉過去了，他只看到「吉屋廉售」四個大字。他要轉回去看看明白，又覺得化不起廣告費的，不會是甚麼好房子，而且，可能早過了期。但，當車子走了一小段路，他忽然有個預感，於是馬上要車伕再拉回去。

那張紅招貼已經很舊，下角已被撕去；幸虧還看得清楚是甚麼街幾號門牌，房子是小型洋房。想了想，他決定不去浪費時間；不過，那條街就在前面，所以當他坐的三輪車經過，而正好被汽車阻塞住路口時，他索性叫車伕向右邊的橫街轉過去。

這條街的前半段幾乎全是酒吧，顯然那些房子都是新建的，中間是一片空地，小李在較為僻靜的街底找到了那間小型洋房。看樣子，它還沒有賣出去，空著，門窗緊閉；房子雖然舊了，但看得出它的材料是相當好的，而且式樣別緻：高頂，魚鱗形的薄片瓦，最難得的，卻是它有一個葱鬱的園子。

「我差一點把它錯過了！」他欣幸地想著，然後去叩園門——因為電鈴壞了。

房子由一個行動不便的老人看守，從他的嘴裏，小李知道這幢房子要賣，房子的主人由於某種原因，不願登報，因此至今仍未出手，而主人也為了別的事將它擱置下來。老人引領著小李看過房子，然後慇懃地說：

「如果您有意的話，請您明天早上再來一趟，和我們東家談談價錢！他住在鄉下，我下午到鄉下去告訴他。」

「他有沒有跟你說過，這幢房子的價錢？」

「說過，」老人回答：「三十六萬，一個銅板都不能少——您不知道我們東家的臭脾氣，嘿……」

這個價目使小李大表驚異，據他剛纔看過那許多房子的經驗，他以為這幢房子至少也得要四十萬以上。他咽了一口吐沫，盡量裝出那種並不怎麼滿意的神情；走出屋子之後，他在園子裏又回轉身，打量著房子的外表。

「再花四萬塊錢將它裝修粉刷一下，就變成新的了！」他想：「我先領金伯伯去看那些貴的，然後再到這兒來，他保證滿意。」

打定了主意，他向看守房子的老人說：

「房子是貴了一點，不過，好吧，我明天來和你們東家當面談——他是外省人吧？」

「嗯，河北人。」

小李又問了房主的姓名來歷和一些別的事，最後，他坦白地向這位房主的老家人說明自已的身份，希望他能夠在房主的前面說幾句話，交易成功了絕對有他的好處。

「既然他不在乎這幢房子，」小李在門口狡黠地說：「你就說這幢房子甚麼甚麼不好，比如說，不怎麼乾淨啦……你明白吧？總之，勸他便宜點賣掉算了！」

「李先生，我會說的。明兒見！」

小李挾著那份激動的心情到了錢家，由露臺進入客廳的時候，他一眼便看見錢聖謐站在鋼琴前，煩燥地用手指敲著低音琴鍵，像是要用這種嘈重的聲音抒發內心的積鬱。

小李走到鋼琴邊，錢聖謐才發覺他。於是，他用力放下鋼琴蓋子，抱怨地嚷道：

「現在幾點鐘了？」

小李看看錶，纔知道已經快十二點了。

「早上你到那兒去了？」錢聖謐又問。

「我到那兒去了？」他重複他的話，隨即機警地說：「今天是禮拜天，我不知道她會不會練琴，所以七點多鐘就起來了，馬上到她家門口去等……」

「你怎麼知道她的家在那裏？」

「唉呀！」小李油嘴滑舌地扯下去：「這算甚麼呀？我包了三輪車，到處去問——喏，不信你出去問問那個三輪車伕，我還沒有退掉，你問他我跑了多少地方？」「後來你問出來了？」

「沒有！不過就這麼巧，給我在路上碰到了。我一直跟著她到舞蹈研究所，然後馬上回來！」小李做作地吐了一口氣。「我連早飯都沒有來得及吃呢！你還怪我！」

錢聖謐露出一絲歉疚的笑意，低促地說：

「那麼我們走吧！」

小李猶豫了一下，想問甚麼，但終於跟著錢聖謚走出去。當他們剛踏出露臺，錢太太從佛堂裏探頭出來問：

「馬上開飯了，你們還到那兒去？」

「伯母，您早。」小李回轉身，恭恭敬敬地招呼著。錢太太盯著兒子。

錢聖謚略一思索，說：「我去買唱片。」

「你急甚麼呀，吃了飯去不可以嗎？」她說。

錢聖謚忽然覺得語塞了。他知道自己只有在母親前面，口纔變得笨拙，不過，他馬上就想到一個托詞。

「你不是說家碧中午要來嗎？」

「啊——」錢太太拖長著語調叫了一聲，有意味地笑了。「那麼快點去吧，等你們回來再開飯好了。」

錢聖謚本來想告訴母親，要家裏先開飯，不要等他們，但，又害怕引起母親的疑竇，於是索性含糊地應了一聲，便急急地返身走出園子。

上了小李包的那輛三輪車，他有點患得患失地說：

「她會不會在我們到之前又走掉了！」

這個問題小李毫無把握，他根本連梁若榆是不是已經到舞蹈研究所去都茫無所知，因此，他借著錢聖謚的話去推卸自己的責任。

「這倒難說了，」他說：「不過，你別這樣緊張嘛！」

錢聖謚靦覥地笑笑。老實說，他的心在顫抖，他不知道自己害怕甚麼；每當他要去接觸一件新鮮的事物之前，他便有這種感覺——他從來沒有戀愛過！

錢聖謐從來沒有戀愛過，實在是令人難以置信的。他早已到達戀愛的年齡，他有足夠戀愛的條件；以相貌說，他應該說是相當俊美的：皮膚皙白，頭髮並不厚密，呈棕黑色，眼睛鼻子和錢子蓉極為相似，但，這並不是使他帶有點女性氣質的原因，因為他的神態所予人的印象是那麼溫馴而荏弱，雖然他的身材和體型並不如此；至於說到家世和人品，那更難以解釋了。總之，母親的影響使他也認為自己是小孩子，再加上那種與生俱來的羞澀和軟弱，他不敢向別人表示心中的感受，他怕別人會笑話他。在學校裏，他也曾經喜歡過幾個女孩子，同時也有些女孩子喜歡他，但都沒有成為事實。而這次他在一個偶然的機會看見梁若榆，而且敢將這種一見傾心的愛念告訴小李，求他相助，這的確是連他自己也感到驚異的。

現在，他忽然懦怯起來，他問：「要是她還是不理會我呢？」

「她越不理會你，你就越有希望！」小李認真地回答。

「為甚麼？」

「女孩子就是這樣！」

錢聖謐大惑不解地望著小李，他不懂他的話。

「你覺得奇怪是不是？」小李故作神秘地笑著說：「我告訴你，不管是甚麼了不起的女孩子，祇要你存心去追，沒有說是追不到的！」

錢聖謐不響，等他說下去。

「追女孩子祇有兩個方法，第一是要有耐心，釘到底；第二是臉皮要厚，不要怕碰釘子！」

「那我不行！」

「怎麼不行？有我，你怕甚麼？」

「我不是怕，祇不過——呃，我總覺得她不會喜歡我。」

「好啦！你這樣子，就是不完也得完了！我們還去幹甚麼呢——喂，停一停，停下來呀！」小李故意把三輪車叫停，然後刁難地嚷道：「你看，我還辛辛苦苦地替你跑，替你計劃，而你自己倒先洩了氣！」

「我，不是洩氣，」錢聖謐吶吶地解釋：「我是說，呃……你叫我怎麼說呢？」

小李睨視著他，半晌，纔用一種生硬的聲音說：

「你自己決定好了，去？還是不去？」

錢聖謐沉鬱地望著前面的一個甚麼地方，但並不是在思索，因為他已經失去了思索的能力。他扭著自己的手，直至自己的手指發痛他纔回復意識，於是他回頭去看看身邊的朋友。

「你說呢？」他軟弱地問。

小李算是勝利了，他笑了笑，說：

「你聽我的好了，準沒錯兒！」他熱心地比著手勢。「女孩子的事，我比你懂！她表面上不理你，裝著不在乎，其實，心裏完全不是那麼一回事。就看你怎麼用功夫了！你別以為女人個個都那麼神聖，」他繼續抒發自己的大論：「愛情是甚麼——是錢！十個女人十個愛錢，沒有說是錢打不倒的！」

「我可不喜歡愛錢的女人！」錢聖謐老實地說。

「那當然啦！」小李隨即改口：「當然也有例外的！不過。錢還是最要緊……」

「那麼你說梁若榆，她也……」

「看樣子，她似乎不大愛慕虛榮，不過，女人最會裝，不容易看得出來的！」小李湊近錢聖謐。「你要注意這一點，她家裏環境可不大好……」

「我沒有那種思想！」錢聖謐截住他的話：「我愛一個人，就不管她的家是窮還是有錢！」

「你完全誤會了我的意思！」小李喊道：「我是說她家裏環境不大好，所以比較容易入手！」

錢聖謐非常不同意小李這句話，他幾乎要發怒了，因為小李這些話褻瀆了他心中的女神。她絕對不是這樣的。他向自己說，她會因為我的錢而鄙視我，我應該為家裏有錢而感到羞恥！如果她真愛錢，那麼我寧可她永遠不理會我，這樣我反而更快樂一點。

小李以為他已經將他的朋友說服了，於是他得意地說：

「現在你明白了吧！」

錢聖議輕喟了一下。當他發現小李疑惑的眼色，便有點茫然地問：

「你說明白甚麼？」

「你同不同意我的話？」他正色地詰問。

「我有甚麼不同意！」他淡漠地回答。

「好，那麼我們走——」

「慢一點！」錢聖謐伸手制止他。

「為甚麼？再不去，她就要走掉啦！」

「我不敢去！」他變得異常平靜地回答：「現在我倒真的怕她喜歡我了，要是說，她……」

「你發些甚麼神經呀！」小李嚷起來。接著，他不再去理會他，轉身去命令三輪車伕：「走，快點，到南京西路！」

六

梁若榆在鋼琴前面，注視著琴譜，她一節一節地，反反覆覆地彈奏著。當她發現自己的指法在某一個地方老是彈錯，或是控制不住某幾個音的輕重快慢的時候，她便懊惱地停下來，伸縮一下那已經感到痠痛的手指。

她坐在那兒練習了三個鐘頭了，這是她的功課。她記得當她第一次在琴鍵上彈出一種使她的靈魂迷醉的聲音之後，她便無法抑制這種激動，她決心要學鋼琴；雖然那個時候她似乎已經過了學鋼琴最適合的年齡，她已經十六歲了。要學多久纔能彈鋼琴呢？她從來沒有想過這個問題，鋼琴變成她的生命中的一部份，她不能離開它。這四年來，她幾乎將所有的空餘的時間放在上面，不斷的練習。那時她剛進高中，音樂室裏的那架鋼琴幾乎成為她的專有物；學校裏那位對鋼琴頗有造詣的何老師發現她有這份天才——不如說發現她有這份驚人的毅力，於是自願教導她，要她從基本學起，而且，特許她保有一把開啟音樂室的鑰匙。第一年，她的進度使那位熱心的何老師大感驚異，她幾乎超越了一般勤勉的學生所能了解的最高限度，所以在她高中畢業的時候，她的鋼琴已經彈得很不錯了；當然，距離理想的境地，仍然是非常遙遠的。這個時期正是她開始踏入不易顯出進步的那種階段，最初，她幾乎是灰心了，她以為不可能再越過這個界限，她以為自己缺少這種天分，她甚至已經決心放棄了；另一個使她斷然下這種決心的原因，是她畢業後沒有地方讓她去練琴。大多數有鋼琴的人家，都不大願意借給別人，而且她的自尊是異乎常人的，所以索性停止學下去。以後的一段日子是非常痛苦的，她彷彿失去了內心的一種有力的憑藉，這使她對自己的前途感到徬徨和憂悶，直至那天無意間在路上遇見了何老師，纔將她從那個絕望的淵底拯救出來。

何老師對於她的未能入大學深表同情，她用許多話去勉勵她，同時，為了使她得到一份工作，而且能夠繼續學琴，她介紹她到這個舞蹈研究所裏來。從此，每天早上到這兒來練琴是她從未間斷的功課。她的專注，以及靈魂在痛苦中掙扎出來的激情，使她將自己整個地深潛入音樂的心靈裏面去；她漸漸接觸到那種神奇的，真純而在顫動的情感，音樂不再是從她的指端發出，而是從她生命的內層，靈魂的深處，挾著那種偶爾如輕風偶爾如狂濤的力量，散發出來向空間漂游開，盪漾開，直至心靈中的休止符在她那酣醉的意識裏出現——於是，纔完全的靜止。

現在，她繼續彈奏著，莊嚴得像一個沉默的女神。她的黑髮垂在肩上，這種自然的髮式使她的容貌染上一層淡淡的，恬靜而冷酷的意味；她的眼眸是含愁的，是善於表達而又善於隱藏內心快樂的那一種類型；狹長，幾乎有一半被眼睫覆蓋著，她的鼻子並不太高，鼻端渾圓；她那唇皮微皺、線條異常明顯的嘴唇，有著一種使別人樂於去接近，又不敢去接近的誘惑力。總之，她是比較瘦弱的——使人見而生憐的瘦弱，因此，她的美麗便被這種不健康的神態遮掩住，不易被別人覺察出來。

壁上的時鐘響了，這時她纔發覺已經超過趕回家吃飯的時間了。她闔起琴譜，下意識地回過身去看看這間寬大地板光潔的練習室。她彷彿又看見那些天真而美麗的孩子們穿著短短的跳舞衣服，一排一排的，有規律的隨著音樂的節拍，在練習芭蕾舞的基本步法，她們的教師——周月娥小姐便在她們之間來回走著，嘴裏數著節拍，不斷地去更正她們的姿勢。在這種時候，她便會隨著她的手勢停下來，等到她說「好，我們再練習一遍」，她纔重新彈奏下去……

也許是因為能夠接近這些孩子們的緣故，她非常喜歡這份工作，她覺得在這種時候，她便變得年輕——其實她只有二十歲。她的心靈便會隨著音樂的節拍，隨著孩子們可愛的小足尖，一起歡樂地躍動……

「現在的孩子們真是太幸運了！」她感喟地自語道：「我們小的時候，會知道甚麼芭蕾舞呢？」

她微笑著站起來，反過身去蓋好鋼琴，然後拿下琴譜，向室門走去。

當她向主人告辭後走出時，那位曾在日本學習芭蕾舞的秀麗而年輕的舞蹈教師叫住了她。

「你慢點走，」周月娥小姐熱切地說：「我有話要跟你說！」

梁若榆以為對方要留自己吃午飯，於是急急地返身往外走，直至周小姐追出來，聲明是為了別的事的時候，她纔紅著臉，在門邊將腳步停下來。

周小姐拉著她的手，說：

「你彈得連時間都忘掉啦！」

「嗯，」梁若榆笑笑。「我急死了！下午何老師要聽我彈呢——她一定會罵我的！」

「我好久沒見她了，你代我問候問候她。」

「我會的，」她問：「您有甚麼事兒要告訴我？」

「好消息！」

「我還有甚麼好消息？」

「那天我跟你說的事情成功了，」周小姐接著說：「每星期補習三天，六個鐘頭，一個月酬勞兩百塊錢！」

「啊！……」梁若榆激動地掩著自己的嘴。

「我還要替你再找一家，那麼一家一三五，一家二四六，時間不衝突……」

「我怕自己教不下來！」

「胡說！我看你還夠資格教初中呢！」

梁若榆不響了，她低下頭。沉默了一陣，便對周小姐說是要走了。這是她的習慣，周小姐司空見慣，當然不以為意，所以也沒有再留她；只是當她轉身的時候，她纔記起將手上那隻信封遞給她。

「這是你上月份的車馬費！」周小姐溫婉地說。

她接過來，沒有擡頭，連謝一聲都忘了，只是猶豫了一下，便返身走掉了。

走出大門，她纔想起來，她很想再轉回去向周小姐道歉，但又覺得已經太遲了，她知道對方絕對不會為這點小事而責怪自己的。想起這幾個月來，周小姐怎樣待自己，她心中有羞愧的感覺。當初她來的時候，便堅持著不要待遇的，她以能夠在那兒免費練琴為交換條件；但，周小姐口頭上雖然答應了，可是到了月底，總是送幾百塊錢給她，算作車馬費。她發覺自己不能違拗她，因為她對自己太好了，雖然周小姐祇大她八歲，但給她的卻有一份近乎母愛的感情，親切而溫暖。每當她接觸到這種感情的時候，她便會聯想到自己的母親，這是令她非常痛苦的。

現在，她正陷入這種因聯想而引起的愁緒中。

她走出巷子，在寬濶的行人道上停了一停，然後決定步行回家去。因為她想在路上思索一些問題，同時讓自己的情緒平復下來。

突然，她聽到背後有人叫她。

「梁小姐。」

她回過頭，發覺小李和錢聖謐已經走近她。她一時想不起自己是否認識這兩個人，因為覺得很面熟，所以在禮貌上她祇好淡淡地向他們點了點頭，希望能在對方說話之前想起來。

小李謅笑著，回過頭去對像是躲在他身後的錢聖謚瞟了一眼，然後向梁若榆說：「梁小姐，我跟你介紹一個朋友——這位是錢聖謚！」

梁苦榆仍然想不起這個小個子是誰？但著他說話的態度和神氣又像是相當熟識似的，她糊塗了；因此當錢聖謚漲紅著臉靦腆地向她點點頭的時候，她也祇好向他笑笑。她對他的第一個印象，可以說是很不錯的；他的怕羞，沉默，和態度上的某一種氣質，予人一種善良的感覺。

「可是，這個油腔滑調的小個子是誰呢？」她問自己。

他們楞了一陣，就在錢聖謚的心中有一種幸福的意味升浮起來時，小李打破了這個僵局。

「梁小姐忘記我了吧？」他笑著問。

她著急起來了。她的腦子裏是亂糟糟的，她幾乎懷疑小李可能是自己的老同學或者是熟朋友了。

「真對不起，」她歉疚地說：「我，我真的忘了！」

小李沒有放過這個機會，他不假思索地隨口說：

「我妹妹和你在一女中是同學呀——李惠姬，一年不到就忘啦？」

梁若榆更急了。李惠姬？李惠姬……她驀然發現錢聖謚的臉漲得更紅，這使她也尷尬起來。

「你還到我家裏來過幾次的！」小李補充道。

「啊，」梁若榆含糊地應道：「是，是的……」

「我們一邊走一邊談吧。」小李提議，然後走到梁若榆的右邊去，讓她走在他與錢聖謚的當中。

「惠姬一直說要來看你，」小李邊走邊說，就像他真的有一個妹妹，梁苦榆真的曾經到他家裏去過似的。

「祇是她的功課太忙，老是抽不出空——這樣好了，改天我帶她到跳舞學校來……」

「哦！」梁苦榆幾乎要想起來了，但那個思想並沒有連貫下去，驟然又失去了。她困惑地咬著下唇，繼續在記憶中搜尋……

錢聖謐默默的走在一邊，比梁若榆落後半步。他既不能阻止小李撒謊，又不得不跟他們一起走，在他來說，是非常難堪的；但，他又覺得奇怪，梁若榆怎麼會改變態度，和小李談起話來的呢？那天她不是對他們不屑一顧的嗎？至於小李，他知道梁若榆是把他們忘記了，因此他故意將對方的思想牽入他所安排的疑陣，使她無從記憶起來。

「你還是繼續學鋼琴吧？」小李關切地問。

「嗯，還在學。」梁若榆低聲回答。

「你真了不起！」問話的人誇讚道：「惠姬就時常說起你來——哦，你還記得嗎？有一次跟你一起到我家裏來的那位小姐，呃，胖胖的，真糟糕！我把姓名忘了！」

現在，梁若榆卻認真的要想從某一個胖胖的女同學之中，去找尋出這個令她迷惑的答案了。

「我也忘了！」她歉然地說。

「也快一年了。」小李接著她的話。「惠姬進了臺大就沒再練琴了，偶爾到錢聖謐家纔彈彈——他家裏有一架鋼琴！」

梁若榆回頭望了望始終在沉默的錢聖謐。

「那真好！」她問：「你也在學吧？」

錢聖謐搖搖頭，有點無所適從。「呃，我……」

「他妹妹在學，」小李替他說下去：「她妹妹也是在一女中畢業的，她和惠姬一起考進臺大。」

她本來打算問問關於他們妹妹的事，但，由於小李開口臺大、閉口臺大，使她有點自慚形穢的感覺，所以索性含糊過去。不過，她並沒有放棄思索那個謎。

他們過了平交道，現在已經走到中山北路的路口了。小李忽然提議道：

「梁小姐，」他指著錢聖謐。「他家就在前面，我們不如去坐坐，今天是禮拜，惠姬可能已經在那兒——聖謐，小妹有沒有跟你說過？」

「我，我不清楚。」錢聖謐老實地回答。

「對不起，我不能去，」梁若榆急急地說：「我還有別的事，以後有機會再去拜訪吧，再見。」

小李連忙攔住她。

「也好，」他說：「不過，你大概還沒吃午飯，我們就一起到美而廉吃客西餐好了——你總該賞光了吧？」

梁若榆震顫了一下，小李最後的一句話，使她將整個事情記起來了：那天他們纏擾著她時，他也曾經說過這句話。現在，她楞著，她氣得渾身發抖，因為自己竟然一直沒想起來——是前幾天纔發生的事情啊！而且，還和他們敷衍了半天，談了這許多廢話！

「你還相信了他們的鬼話呢！」她詛咒著自己：「甚麼李惠姬！甚麼一個胖胖的同學！全是騙人的！他還想騙你到他的家裏去呢！」

小李非但沒有發覺她那驀然陰沉下來的臉色，而且還暗自慶幸，他以為這件事情已經十拿九穩了；吃過飯，他打算再慫恿著去看一場電影，然後自己再找個機會溜掉；這一來，既可讓錢聖謐和她單獨在一起，而自己也可以脫身去辦金家房子的事。這兩件事情祇要成功了，他都可以從中得到好處的。所以，當梁若榆愕著的時候，他還以為她在猶豫不決，於是說：

「走吧，我們真是難得碰到的，美而廉就在這個轉角，地方很不錯。」

梁若榆本能地退後一步，內心的暴怒使她顫慄起來。她覺得羞恥、憎恨和厭惡，她用一種鄙夷而冷酷的目光掃視這兩個「壞蛋」一眼，然後將聲音從牙縫中迸出來。

「你們真卑鄙！」說著，她扭轉身，匆匆地走掉了。

他們被她這突如其來的舉動惶惑住了。怔了一陣，小李纔慌忙地追上去，向憤怒萬分的梁若榆加以解釋，讓臉色發白，恨不得能夠馬上死掉的錢聖謐呆立在原來的街角上。

儘管小李如何花言巧語，將這件事解釋為「完全是善意」，目的祇是錢聖謐想和她做個朋友——其實，事實上的確是如此。但，仍然白費唇舌。梁若榆祇顧走自己的路，充耳不聞。最後，他幾乎是向她哀求了，他向她表明自己的立場：他說他的熱心完全是為了朋友；接著，他便替錢聖謐的家世人品向她介紹一通，說他如何善良，如何如何忠誠專一，如何如何好，等等。

「這一點，我相信你也看得出來吧？」他說。

對於他的糾纏，她實在忍耐不住了，而且他們已經走到較為熱鬧的地方，這樣很容易引起路人的注意，於是，她驟然停下腳步。

「請你放尊重一點！」她扭轉身，冷冷地向小李說。

他連忙陪著笑臉。

「你別生氣呀！」他緩和地說：「我，我祇不過向你解釋解釋，別誤會……呃——你剛纔罵我們卑鄙……」

「你們是卑鄙嘛！」

「你罵我個人，我承認！可是，你如果以為他——」小李這個時候纔發現錢聖謐沒在旁邊。「哦，他不好意思跟上來了！你看，我說的，我敢打賭你絕對沒見過像他那樣老實的人！」

「跟你這種人在一起，再老實也老實不到那裏去！」梁若榆揶揄地說，然後正色地警告：「我勸你可別再跟著我走啦，要不然……」

「沒那麼嚴重吧？」

「你試試看！」說著，她返身繼續向前走。

小李知道這是小姐們慣常用來恐嚇人的話，由剛纔肯停下來和他論理這一點上，他認為梁若榆絕對做不出甚麼「驚人」的事——根據以往的經驗：最怕的，倒是她始終不開口。

她馬上便發覺他又跟上來了。於是她加速腳步，而他也不甘落人之後，始終走在她的旁邊，保持著固定的距離。經過公共汽車站的時候，她想停下來，但又怕停下來等車反而給他糾纏的機會。忽然，她想到了一個擺脫他的主意，她向一個站在街角的警員走過去。

小李機警地閃開了，急急地返身走。

「請問天津路在那裏？」梁若榆向警員問道。

警員向她指示了方向，為了要讓小李走得更遠一點，她又向警員問了一些問題，然後，再從容不迫的到路口的三輪車班頭上去叫了一輛車，坐回家裏去。

七

到了家裏，她在門口便聽見父親和母親的爭吵聲了。這兩年來，這種無休止的冷言冷語，嘲諷，詈罵，和惡毒的詛咒，她已經聽夠了；每當她聽到這種聲音，她的心靈便彷彿受鞭笞似的緊緊地收縮起來；起初，她害怕，只好躲起來偷偷的哭泣，後來，她漸漸學會怎樣去忘掉它了。但，她不能逃避這種因父母感情不睦而在家庭中引起的痛苦，她不能阻止他們，她無能為力。

這件事情比較起來，老實說，她同情父親的成份實在要比母親多，雖然她也很愛她的母親，但，仍然認為這是母親的過錯，唯一使她原諒母親的，就是她的病。

梁先生是一個誠謹的公務員，像鐘錶一樣準確。他在大陸上也曾過過一段好日子，但到臺灣之後，他很少——甚至不願提起以前的事；他知足，富有和貧困對他似乎沒有多大的分別。他們住的房子是公家分配的，不大，但一家四口（梁若榆下面還有一個十五歲的弟弟）卻住得很安適；每月除了薪俸之外，還有實物配給，有時還可以買些福利會代辦的分期付款的日常用品，所以這個家庭可以說是溫飽有餘了。但，自從梁若榆的母親在兩年前因僅有的一點積蓄被她所信任的朋友騙走之後，她便得到那種只有她自己纔感覺到的神經衰弱症；從此，她變得暴躁，終日惶惶不安，沒來由地找點事情來爭吵；而丈夫的勸慰反而加重她內心的痛苦，她時時刻刻在追悔那已經無法挽回的事。漸漸的，醫藥費用的支出開始影響到家庭的預算了，她便抱怨丈夫無能，收入微薄，於是她成天唸著以前的舊事，在那些回憶中尋求慰藉；她變得自私而橫蠻無理，除了那已失去的錢，不再關心任何一個人、任何一件事，半年之後，梁先生的耐性也失去了——其實，他幾乎是被逼的，他不得不如此。她咕嚕幾句，使他冒火了，然後她便指責對方忽略她的病，故意氣她；他便惡聲惡氣地為自己辯護，繼而索性承認這就是自己的原意，因為他聽不得那些話。爭吵差不多都是這樣引起的，只是愈來愈厲害，而且次數愈來愈多而已。

現在，梁若榆付了車錢，三輪車走掉了，她還呆呆地站在門口。當她聽到爭吵的起因是由於自己沒有回來吃午飯的時候，她反而不敢進去了；她知道進去之後，一定會把事情弄得更糟的。

「你沒有資格說話，」她聽見父親的聲音說：「你平常關心過若榆嗎？你真真正正地管過家裏的甚麼事嗎？」

「我沒關心過，我沒管過！」母親嚷道：「這怪不得我！那是你，你沒有能力讓她進大學，是你誤了她！」

「那麼你聽見我說過，叫若榆不唸大學的嗎？」

「總之，她沒進大學是事實！」

「可是她堅持著要去做事也是事實呀？」

「哼！少找理由替自己推卸責任，連供個女兒進大學的本事都沒有，還有臉……」梁太太的語調已變成一種尖刻的嘲諷了。

但，梁先生顯然也不甘示弱，他抓住了她這句話——這正是梁太太所常用的方法，她往往將他的話加以歪曲，另下定義——他冷冷地反問道：

「照你這樣說，你也沒進過大學，也是因為你的父親沒有本事供不起囉？」

梁太太被這句話激惱了，她顫聲喊叫起來。

「姓梁的，你不能污辱我娘家，當年你追求我的時候……」接下去，她再將丈夫對不起她的地方重數一遍，夾雜著許多詛咒。

梁若榆不忍心再聽下去了，她心裏本來就夠煩悶的，於是她索性不進去，轉身走出巷子，在巷口，她看見她的弟弟梁亦雄狼狽不堪地向她走過來。

他的衣袖被扯破了，一身灰土，像是剛在地上打了滾似的。不用問，準是又跟誰打過架。梁若榆停下腳步，等他走過來。可是，他故意不去理睬她，貼著牆邊走了過去。

「亦雄！」她困惑地喊他。

他沒答應，她只好追上去攔著他。

「你又打架了是不是？」她溫和地責備道。梁亦雄要推開姐姐，但又被她捉住了。

「你不要管我！」他倔強地嚷著：「你讓我回家去嘛！」

「爸跟媽在吵架，你回去幹甚麼？」

「就是因為他們吵架！」他怨恨地猛力揮動著手，然後用手背去揩拭嘴角的血漬。「你以為我……真的願意……」

做姐姐的從他的眼睛中明白了事情的真相，因為這已經不是第一次了；巷子裏的孩子們老是拿這件事情（父母親吵架）去取笑他，有意地使他難堪；而他的躲開他們，反而使這種情勢更為惡化，孩子們最痛恨不和他們一起玩的人。因此，逼得忍無可忍的梁亦雄只好動手了。在那一羣孩子們當中，雖然他並不是最大的一個，可是他長得最結實；被太陽曬得黝黑的皮膚，小平頭，大黑眼睛，看來活像一頭小水牛——「水牛」就是他們給他取的渾號──儘管如此，在眾寡懸殊的情況下，他仍然免不了要吃虧的；不過，這一點他和他的姐姐極為相似，他從不把痛苦露在臉上，去乞人愛憐。

梁若榆憐惜地望著他，低聲勸慰道：

「以後你不去理他們，不就沒事兒了嗎？」

他不想分辯，他認為姐姐太不了解其中的情形。有些時候，他覺得姐姐對他太嚴厲，但，他知道家中只有姐姐是唯一關心他的人──她纔是真正的母親。所以，對於她所說的話，他從來不大敢違拗。現在，他低下頭，說：

「我不回去就是了，你有事你先走吧！」

她展露出一絲淒涼的笑意。

「你甚麼時候出來的？」她問。

「他們吵架的時候！」他回答。

「你沒吃飯？」

他點了點頭，開始將露出來的襯衣衣角塞進短褲裏面去。

「我也沒吃，」她說：一邊替他拍去身上的灰土。「我們一起去吃點東西吧。」

梁亦雄馴服地跟著姐姐走了。

路上，他們始終沉默著，各人被各人的思想佔據著。梁若榆心中突然浮起一種寂寞淒涼的感覺。「以後怎麼辦呢？」──這是她時常詰問自己的一句話。在離開舞蹈研究所時那份樂觀的情緒全被現實破壞了；她曾經打算將上月的所得拿回家中，冀求博取一點點快樂和溫暖，可是──她輕喟了一下，她覺得自己的努力和掙扎是完全無濟於事的；需要改變的，並不是她本人，而是父親和母親之間的感情。這是多麼渺茫的事情啊，她能為他們做些甚麼呢？她曾經以為自己輟學找事做，減輕家庭的負擔，情勢便會漸漸好轉的；而現在她纔發現，問題並不完全在金錢上，某些因素是她這個年齡所不能了解的。

至於梁亦雄所思索的問題，卻比他的姐姐幼稚而單純；他並不去探究父親和母親爭吵的原因，更沒有作甚麼改善家庭那種惡劣氣氛的打算，他討厭這些事。現在，他忽然覺得自己不應該再躭在家裏，他應該回到學校去；雖然他是那麼討厭書本的，可是現在他真的有點痛改前非的決心。因為，他覺得，只是這樣，他纔能夠避開巷子裏和他作對的孩子，以及這個令他煩愁的家庭。

「明年我一定要考入高中！」他向自己宣示道：「我從明天起就開始準備——對了，我可以找姐姐。」

於是他回過頭去喊道：

「姐姐！」

梁若榆從深思中醒覺過來。

「甚麼事？」她低聲問。

「你可以給我補習嗎？」梁亦雄認真地說。

「……」

「明年我一定要考取高中！」

她寬慰地笑了。對於弟弟今年沒考取高中，她從來沒來多加責備；她知道他的功課本來不怎麼好，再加上考前沒有安靜的環境讓他準備，要他去應付那比考大學更少錄取機會的高中聯合考試，簡直是件不可能的事。

所以，當她聽到他這種堅決的聲音時，心中有一種說不出的喜悅。她想到，她已經找到一個家庭教師的工作了，雖然待遇微薄，但至少也可以對弟弟的學費雜支有點補助；而且，他讀書了，家裏便會減少一些因他而起的小煩惱。因此當他提出這個要求時，她隨即答應了他，同時勉勵一番；說是如果他真的考取了高中，她絕對買一輛腳踏車送給他。

「就是你不送腳踏車給我，我也要考取的！」他很有決心地說。

姐姐的臉紅了，她感到愧疚。其實，她並不是向弟弟開空頭支票，因為要買一輛分期付款的腳踏車，並不是辦不到的；她覺得自己估低了他的志氣。

「我只要你每個禮拜給我五塊錢。」梁亦雄笑著補充道：「等到你找到好事情了，你再給我買腳踏車。」

她點點頭，驟然感到一陣突如其來的悲哀。她感到她們的家庭已經把她們教育得有點過份了；她怕看弟弟的老成相，這種明事達理的話不應該從他的嘴裏說出來，他應該還是一個不知天高地厚的小孩子纔對。

她偷窺著他，他沒有發覺，眼睛望著前面。她忽然發覺他已經長得很大了，已經有她耳朵那麼高了。

梁亦雄突然想到一個問題，他回過頭，嚇了她一跳。他困惑地注視著她，然後問道：

「姐姐，你唸高中的時候，是不是每個學期都考第一？」

她震顫了一下，含糊地說：「不是每個學期。有時候第一，有時候第二。」

她微仰起頭，那美麗的日子彷彿就在眼前；而現在，她想起那些事情就感到心痛，當別人問她在那兒唸書她便會臉紅，路上偶爾碰到自己的同學都會躲開的。為了要避開這個話題，她問：

「你也想考第一？」

她以為弟弟的答覆是肯定的，可是他搖搖頭。

「我不能跟你比，」他誠實地回答：「我只要考試及格，不留級，這就行了！」

「你真沒出息！」她溫和地斥責道：「你就不能夠賭個氣，考個第一給別人看看？」

「給誰看？給爸爸媽媽？他們纔不稀罕這些呢！」他忽然覺得姐姐的臉色很蒼白，以為是自己傷了她的心，於是接著說：「除非是給你看。」

她極力抑制著內心的激動，走了幾步，纔發覺自己不知在甚麼時候已經捉住弟弟的手，而且捏得那麼緊。

「我們不是要去吃東西的嗎？」他問。

「嗯，」她回答：「我帶你去一個地方吃，又經濟又實惠。」

「在那裏？」

「你先別問，馬上就要到了。」

他們順著幽靜的仁愛路走過來然後再由介壽路轉入懷寧街。在新公園口那排小食店裏，他們找到一家生意比較清淡的，便坐下來，吃了兩籠蒸餃和兩碗綠豆稀飯。

從小食店裏再走出來，梁亦雄向他的姐姐要求道：

「我們到新公園裏去走走吧？」

梁若榆正巧也這樣想，她覺得今天的天氣實在太好，而且自己也難得到公園裏去。於是他們便走了進去。

八

在新公園內靠近公園路的運動場上，師大對臺大的棒球友誼賽正在熱烈地進行。這種玩意兒是臺灣最受歡迎的運動，而且碰巧是星期天，因此雖然在烈日下，觀眾仍然頗為擁擠。他們靜靜地圍站在場邊，孩子們則盤腿坐在地上，有的甚至爬到那幾棵老榕樹上，或者站到自己的腳踏車上去，專注於球賽的進行……。

錢子蓉神情緊張地坐在球員休息的帆布棚裏。她穿著一條並不長的藍色長褲，上面是一件鵝黃色的運動衫，頭上那頂長簷運動帽顯然不是她的，她一邊啜飲著汽水，一邊和坐在旁邊的那幾個預備球員談說著。他們是很興奮的，臉色被曬得通紅，不時用力拍著別人的肩頭，表示自己的激動，他們叫嚷著，揮動著手。當自己隊上的球員在搶壘，對方的備壘企圖用詭計截殺，而終於被那位機警的跑壘員滑壘得分時，他們簡直是瘋狂了——因為這是最後一局，球賽終結了。比數是三比三，和局。

從這場球賽開始，師大始終在領先，從實力上說，臺大是比較弱的，但終於被他們在最後追成平手，這實在是連他們也意想不到的。因此，當球員們回到帆布棚裏來時，他們幾乎是發狂的將錢子蓉——球隊的靈魂——高高地擡起來，繞著轉，然後再精疲力竭地倒在地上，狂笑不已。

他們談論著剛纔的驚險經過，責備其中某一個球員在某一次盜壘時過於大意而失手。

「要不然咱們反而贏他們一分了！」

那個被指責的瘦子顯然不服，便開始和那個滿臉汗污的傢伙爭辯，然後馬上有人出面調解。

「算了算了！現在還爭個甚麼勁兒！」和事老咬了一口香蕉，說：「咱們能夠跟他們打成平手，已經算是贏啦！你們想想看，他們差不多都是體育系的，一天練到晚，那兒像咱們這一隊，臨時抓差充數！」

大部份人都同意這種說法，於是又集中到在最後一棒的「英雄」身上——平手是他打下來的，亦即是說：勝利是他替大家爭到的！

「英雄」雖然個子比誰都高大，但一點也不顯眼，他始終沒發言，只是坐在地下灌汽水，現已經喝到第三瓶了，纔被他們拉起來。

「隊長，別掃大家的興呀！」

「別再喊我隊長好不好！」那個叫做易大德的「英雄」抗議道：「一個隊那能有兩個隊長的？」

「至少你是我們的老隊長吧！」

老隊長笑了。

「說良心話，我真難為情，」他說：「我怕他們認出來！」

「你以為他們真的不認識你呀？」那個「黑炭」隊長喊道：「他們隊裏面『長頸鹿』還不是和你一樣畢業兩年了！誰規定校友不能參加校隊？」

「問題是我並不是真正的校隊隊員，而是客串呀！」

「你們不要再扯了！」錢子蓉插嘴道：「據說我們貴隊年年都輸給他們，而今天這一場居然能夠打成平手，所以我認為應該好好的慶祝一下，打打氣，讓我們下一次能夠贏他們！一雪前恥！」

這個提議全體無異議通過。接著，是討論用甚麼方式慶祝。

「去旅行野餐怎麼樣？」有人說。

「地點呢？」另一個人問。

沒有人回答，大概都在想甚麼好的沒有去過的地方。那個以模彷哈林「怪鵝」出名的「怪鴨」忽然舉起手，扁著嘴，裝著孩子聲音嚷道：

「老師，帶我們去動物園好不好！」

立刻引起一陣哄笑，坐地他旁邊的人馬上將他壓到地上去了。

「別旅行了！」那個以注意營養出名的「維他命」提議：「我贊成聚一次餐，大吃一頓！」

「對！我同意老魏的，」有人附議：「痛痛快快的呷它一頓！」

「吃甚麼？」「怪鴨」已經恢復自由了，他正色地問：「油炸臭豆腐乾？哼！」他指著營養專家。「你就是請出十位名教授證明那上面長的白毛就是外國人發明的盤尼西林！就是甚麼紅黃藍白黑黴素！我也沒胃口——我，我反對！」

按照習慣，只要有人反對，問題就通不過的，於是大家繼續動腦筋，想個甚麼絕對沒有人反對的好主意。

錢子蓉推推易大德的肘拐，要求道

「你替大家拿個主意吧？」

易大德發現大家都回過頭來望著他，於是他說：

「別找我，我最不會玩！你們說甚麼我都贊成，只要我抽得出空，絕對參加。」

他們沒有再勉強他。驀然，短跑健將「沒毛腿」怪聲叫起來：

「我們怎麼不開個派對？」

這次，果然沒有人再從中作梗，挑刺找骨頭；他們隨即熱心地討論舞會的場地，租還是借？可是始終沒有結論。他們認為：社會服務處，大而不當；雜誌協會，租金太貴；某位女議員的家裏，地方不夠大；另外還有幾個地方，都認為不夠理想。後來，不知是由誰開始，他們的眼睛都望著錢子蓉。

其實，錢子蓉知道他們在打些甚麼主意，但，她故意假裝不知。

「我們不要太挑剔了，」她打岔道：「隨便決定一處吧！」

「要玩就得玩個痛快，」「黑炭」隊長注視著她說：「你家裏的客廳不是很大嗎？借一借怎麼樣？」

錢子蓉怔住了，她望望大家，然後軟弱地低聲說：

「不夠理想吧？」

「要是說你家裏還不夠理想，」提議的人以為她客氣，所以連忙阿諛道：「那麼我敢擔保，我們是玩不成了！」

她勉強笑笑，不響。「怪鴨」接著問：

「是不是害怕我們會跳壞你家裏的地板？」

「……」

「如果真的有困難，我們也不要太勉強別人，」「沒毛腿」刁頑地向忐忑不安的錢子蓉說：「你自己說，能不能借？有沒有困難？」

對錢子蓉來說，這的確是一個難題：她知道自己在家裏沒有地位，這件事在母親面前是絕對通不過的；可是她的自尊心又不允許她將自己為難的地方向他們坦白出來，這是任何一個女孩子都辦不到的。現在，大家都在等待她的回答，她幾乎已經窺見，如果自己拒絕了這個要求後，在他們的心裏可能發生變化了。於是，她略一思索——其實她根本不是在思索，而是把心一横，隨即裝得若無其事地回答道：

「這還有甚麼困難？我只是怕你們在我家裏玩不痛快就是了！」

他們的欣喜是可以想見的。他們暫時撇開她，由其中幾個平常比較「熱心公益」的組織籌備委員會，討論每人該出多少錢？要準備些甚麼？怎樣印發請帖等等。五分鐘之後，自己命自己為主任委員的「怪鴨」當眾宣佈：派對的時間是明天晚上八點鐘，費用暫由球隊墊出，結帳後再分攤。於是他們立刻收拾東西，回學校去。

走出新公園的時候，錢子蓉走在一邊，很少說話。她整個思想完全用到怎樣解決這件事情上；她開始後悔自己的莽撞，為甚麼要答應下來。忽然，她看見梁若榆，她和她的弟弟正好從前面一條小路向這邊走來。當她證實自己沒有看錯時，她熱切地叫道：

「梁若榆！」她連忙向她跑過去。

梁若榆和她的弟弟正在漫步走著，剝食著煮花生。當她聽到有人喊自己的名字，便擡起頭。

「啊！」她低喊著。是錢子蓉！她在高中同班同座位的同學。在學校裏，她們那種過份的親密引起了好些對梁若榆也有好感的同學的妒嫉，不過畢業之後便很少往來了。有時梁若榆在路上碰見錢子蓉，便故意地躲開她，連她自己也不明白這是出於一種甚麼心理；而錢子蓉的不去找她，卻是她家的地址忘了，因為在一起的時候，她根本沒有想到過要記下梁若榆家的地址。現在，梁若榆要躲開已經是不可能的了，她紅著臉，有點失措地將手上的紙包塞給身邊的弟弟。

直至錢子蓉捉住她的手，她纔清醒過來。她們互相望著，半晌說不出話。梁若榆從對方的神情中看出她欣喜的程度，因此自己有點羞愧的感覺。

「是你啊！」她幽幽地說。

「我一直找不到你！」錢子蓉急急地訴說著：「起先我還以為你們家已經搬開臺北了，後來碰到『小美人』——你還記得『小美人』嗎？」

她點點頭。錢子蓉繼續說下去：

「她說她看見過你，而正好她坐在公共汽車上，沒法下來！啊，快一年了吧？」

梁若榆在心中已經計算過了，九個月！她們是春季班畢業的。

「嗯，是的。」她說。

「你，沒有離開過臺北吧？」

「沒有，我沒有。」

「怎麼不來找我呢？」錢子蓉用一種感傷的音調問。

梁若榆澀澀地笑了笑，吶吶地回答：「我，我身體不大好，所……所以——」

錢子蓉認真地打量了她一下。

「呃，像是瘦了一點兒！」她接著又問：「你現在唸甚麼學校？」

「我甚麼學校都沒有考。」

「啊，是為了身體？」

梁若榆支吾過去。她忽然發覺前面園門邊那一羣球員正在注意她們，於是她低聲向錢子蓉說：

「他們在等你吶！」

「讓他們等好了！」錢子蓉回頭望了望，然後說：「反正沒甚麼要緊的事兒——呃，你把你的地址告訴我，我來找你。」

「別光是嘴上說啊！」說著，梁若榆將杭州南路幾巷幾號告訴了她，同時問她要不要用筆記下來。

錢子蓉唸了兩遍，表示已經記住了。突然，她心中掠過一個奇異的思想，她陡地興奮起來。

「明兒晚上你有空吧？」她急切地問。

「甚麼事情？」

「你先答覆我，有沒有空？」

梁若榆莫測高深地笑笑，點點頭。

「有是有的，」她說：「究竟是甚麼事？」

「那好極了，」錢子蓉快活地將她拉到一邊。「事兒是沒有，我想請你到我家來……」

「你騙我，一定有甚麼事兒——是不是妳的生日？」

「生日？還早吶！只不過請了幾個同學到家裏來玩，聽聽音樂。我們也可以借這個機會好好地談談。怎麼樣？帖子明天準給你送來！」

梁若榆不好意思當面拒絕，而且她發覺那堆大孩子裏有一雙眼睛在望著自己，於是她含糊地答應了。錢子蓉為了表示自己的誠意，又將對方告訴她的地址唸了一遍，再三地要求她不要失約，然後跳跳蹦蹦地向他們跑過去。

等到他們出了園門，走遠了，梁若榆纔回轉身，她說不出當時心中的感觸，是快樂還是淒涼。她幾乎是開始羨慕錢子蓉了，因為看來她還是那麼天真，那麼年輕，像是從來沒有碰到過使她煩愁的事情似的；而自己呢……

「我至少要比她大十歲！」她苦澀地說。

梁亦雄不解地注視著他的姐姐。「姐姐，你真的比她大十歲嗎？」

她醒覺過來，於是掩飾地笑了笑。

「你看像不像？」她問。

「她像個小太妹，跟這麼多男生在一起玩！」他批評道：「我還奇怪你怎麼認識她呢。」

「別傻，她是我的同學。」

梁亦雄沒再說下去。他覺得，即使那個女孩子不是太妹，他的姐姐也不會和她玩的，但梁若榆的想法卻不同，她真希望能夠和錢子蓉在一起，像以前一樣。目前她太需要一個真正知心的朋友了。

半個小時之後。

在臺灣大學對面的一家冰菓店裏，他們為了明晚的舞會開了一次籌備會，因為時間倉促，所以幾乎用不著怎麼討論，便把工作分配好了：唸外文的負責借打字機打請帖；「維他命」主辦飲食事項；在女生方面兜得轉的被分派去請舞伴；至於場地的佈置，當然落在錢子蓉的頭上，同時還請她想個辦法借些好唱片。

「吉特巴越多越妙！」「怪鴨」補充道。

「那麼請小姐們都穿裙子。」另一個人說。

「這倒難辦了，」以精通女孩子各種毛病見稱的「和事老」解釋道：「自從外國女人對旗袍發生興趣之後，咱們中國女孩子都保存國粹了！」

「錢子蓉，」「怪鴨」不服地問：「是不是有此一說？」

「我不清楚。」她有點煩亂地回答，她現在除了一心一意的去思索怎樣使母親答應借客廳之外，實在無心去想任何一個問題；因為這件事太嚴重了，萬一帖子全發出去了——這是必然的，他們決定在晚上七點之前用

「限時專送」發出——，東西準備好了，人都到了，而家裏……

她不敢再想下去，雖然當她在新公園遇見梁若榆時，曾由那位老同學身上找到了一點靈感，安排了一個計劃，但：計劃只是計劃，事實上能否成功卻是不可預料的。因此，為了要爭取時間，她不打算和他們繼續扯下去，於是她隨便找了一個理由，提前告退。

小姐的事情，男士們向來不願深究，尤其是他們全都了解她的脾氣，要留也留不住，所以當她說是要先走時，黑炭隊長問他明天要不要派兩個人到她家去幫忙佈置？

「不用了，」她急急地說：「這點小事情，用不著勞師動眾，反在我們明天早上還要碰一次頭的。」

「也好！」「怪鴨」嗄著嗓子說：「這樣我們又可以多出兩個人來去約小姐，我們一定要這次派對辦得空前的成功，別像上一次工學院那幾位仁兄開的那樣，陽盛陰衰，小姐只有小貓三隻四隻！」

此語一出，馬上引起那位工字頭的隊員不滿。他認為這是常態，那一院開的都一樣。錢子蓉知道，照規矩，爭辯馬上又要開始，於是連忙離開座位，說是要到學校女生宿舍去拿寄存的腳踏車。

「我送你過去。」易大德跟著站起來。

他們隨即停止了爭論，望著老隊長。

「平常你不來，還情有可原，」黑炭隊長誠摯地向他說：「明兒晚上，你總不好意思不來捧捧場吧？」

「我不是說過了嗎，」站著的人回答：「我盡可能……」

「沒有甚麼可能不可能！反正你是非來不可！」

易大德笑了。

「好吧！」他屈服地說。於是和錢子蓉一起離開冰店。

過了馬路，易大德低聲問錢子蓉：

「最近有沒有收到他的信？」

他所說的「他」，是他低一班的同學，莫以葳，現在正在受預備軍官訓練；他認識錢子蓉，就是那位同學介紹的；因為錢子蓉考進大學時，他已經畢業一年了。從那位同學給他的信中，他知道錢子蓉時常和他通信，像是感情很不錯；而在他的面前，她也對這件事從不隱瞞，甚至有時接不到信，反而到他那去兒打聽對方近來的消息。易大德在臺灣只有他一個人，家在大陸，他的一個妹妹和錢子蓉相仿，而脾氣更像，所以他對她，就像一個最真誠可靠的大哥哥一樣。

現在，她擡起頭。

「剛收到一封，」她說：「他已經分發到臺南砲兵學校了。你沒收到他的信嗎？」

「大概他太忙，忙完了他會給我的。」他有把握地說：「他和我一樣，甚麼都不能亂，事情要一樣一樣來！」

「真的，我也發覺他有很多地方像你。」

「也許是我像他吧？」

「是不是因為你們在一個宿舍住久了？」

「你以為這樣會省影響嗎？」

錢子蓉的腳步慢下來，想了想纔說：「多少有點關係吧？」

「我不同意你這個說法，」易大德說：「從大一開始同住一個房間的，還不止他一個，那麼其他的為甚麼又沒有這麼多毛病呢？」

「你叫這做毛病？」她笑起來，但，又被一個思想困擾了。「呃——有時候，我也覺得他像是有些甚麼毛病，總之，他跟他們不同！我也說不出甚麼不同的地方。」

他注視著她，微笑著。當她發覺了，他平靜地說：

「我說得出。」

她等待他說下去。

「因為我們在臺灣沒有家，所以我們就得學會照顧自己。大概你說的不同，就是這種地方吧！」

她低下頭，內心突然被一種濃重的哀愁塞滿了。她很想向他說：在臺灣她雖然有一個相當好的家，但，她應該和他們同屬於「自己照顧自己」那一類的。

易大德一時摸不清錢子蓉沉默下來的原因，他還以為她在替她的男朋友難過，於是勸慰地說：

「除了脾氣上有些地方彆扭之外，別的不是挺好嗎？而且這不是一件壞事情呀！難道你以為他應該像他們一樣，整天無憂無慮，過一天算一天？」

「你誤會了我的意思，」她擡起頭，感激地望著他說：「我就是因為這樣纔喜歡他的！」當她把「喜歡」兩個字說出嘴，又覺得有點難為情，於是補充道：「他是我的好朋友！」

「我知道他是你的好朋友。」易大德微笑著重複她這句話，語調裏含有一點捉弄的成份。

她的臉驟然紅起來了。

「他明年就回來了，」他問：「你們有甚麼計劃？」

「計劃？」她吃驚地反問。

「我是說他有沒有把他的計劃告訴你？」他改口道。

她變得活潑起來了。她向一位迎面走過來的女同學招呼，然後低下頭，像是要把自己準備說的話重新組織一下。

「他的計劃總是不會少的！」她笑著說。

「有計劃還不好嗎？」

「不過他又時常改變！」

他自嘲地笑了，他想起她剛纔說的那句話。

「是不是不斷地有新的計劃產生？」他有意味問。

「你是不是也這樣？」

他沒有正面回答她這句話，但他說：

「有些人只有一個計劃，有些人有很多，然後在那一堆計劃裏面找可能實現的去做；問題倒不怕計劃多，或者隨時改變，而是他是否真的要去做！」他擡起頭望望天空。「我記得小的時候曾經想當一個飛行員，後來又想做一個美術家，結果都放棄了。我現在真後悔，因為都可能做到的，只是環境不允許我去做……」

她回頭去注視著他的臉，這種神態是她所熟悉的，莫以葳就時常這樣，當他想起以往甚麼值得驕傲或者婉惜的事情時，他便望著一個最高最遠的地方，像是那就是他的心靈寄託的所在。

「還是你們男孩子好，」她羨慕地說：「我們女孩子就沒有甚麼計劃不計劃！」

「你們也有的，只是你們不去想就是了！」走進校門，他的腳步停在通往「傅園」的岔道上。「怎麼樣，他在信裏告訴你甚麼計劃？」

「當然有，」錢子蓉俏皮地說：「明兒晚上你來了，我再告訴你，還有關於你的呢！」

「哦——」他故意表示相信她的話。其實，他知道她這樣說，無非要他明天參加派對而已，於是喊道：「你這一說，我非去不可了！」

他們會心地笑了起來。他吐了一口氣，說：

「好了，我不送你進去了，走近女生宿舍我就心跳，所以我非常佩服提議把『傅園』設計在那邊的那位先生——你不曉得，我剛纔說現在後悔的事情還漏了一樣！」

她不解地望著他。

「在臺大四年，」他認真地說：「每次校慶，我始終沒膽量到女生宿舍去觀光過？」

「別把女生宿舍說得那麼可怕好不好！」她笑著呵責。

「你不會懂得我們這些有『自卑感』的孩子！」

「自卑感？甚麼自卑感？」

「我明兒晚上來了再告訴你！」易大德說：「好，你進去拿車子吧，我由這邊出去，我到新生南路去有點事兒。」

「明兒晚上可別忘啦！」

「你放心，為了要聽以葳的新計劃，我可以不去嗎？」

她目送他走遠後，纔返身到女生宿舍去取她的那輛老爺紅色女跑車，然後用最高的速率踏回家去。她一路上心裏虔誠地祈禱（雖然她沒甚麼宗教信仰），希望錢聖謐沒有出去。

九

但，等到她衝進家裏，卻失望了：樓下沒有人影，樓上沒有小李的聲音，最糟糕的卻是客廳的矮几上放有一疊新唱片，和一把手袋不像手袋，陽傘不像陽傘的東西；她知道那是金家碧的，上回她來玩的時候，她便看見過。看情形，準是他們已經一起到外面去玩了。

「又碰到是星期天，」她心裏想：「這一玩就不知道會玩到甚麼時候纔回來呢！」

她無精打采地在大沙發上坐下來，呆呆地望著天花板上的大吊燈，突然她又想到開派對那件事情上。

「祇要買兩卷皺紙拉拉就行了，」她向自己說：「反正用不著怎麼佈置，祇要有得跳，誰還去管這些！」

她的眼睛又落在那幾張新唱片上，於是順手拿起來。唱片都是來路貨，並不是臺灣出產的翻版唱片，而且全部都是目前最流行的「搖滾樂」，和「曼波」「恰恰恰」。

「一定是哥哥買的，」她怨恨地喃喃道：「他把錢買了唱片，那麼送我的東西，又得延期了！」

她放下唱片。忽然想到：這樣也不錯，她可以拿這個作為藉口。這樣一想，她對借客廳的事也跟著樂觀起來。

「這些唱片正好！」她向自己說：「我可以向他們說，是專門為這次派對買來的！」

她滿意了，於是站起來認真地打量著客廳，預先計劃一下座位的擺法，甚麼地方應該放一張長餐檯，用來放點心和飲料……

阿美走進來了，她問她母親在那裏？下女回答她太太正在佛堂裏唸經。當阿美轉身進內屋時，她又叫住她。

「阿美，」她吩咐道：「你沒事兒的話，去把櫃子裏的大玻璃杯和大盤子拿出來。」

「小姐，拿出來做甚麼？」阿美不解地問。

「你別管！你拿出來洗乾淨，然後……」她忽然覺得這樣操之過急，也許會引起甚麼不良的後果，於是便向阿美擺擺手。「好吧，不用拿了，等一等再說吧！」

「小姐，怎麼又不要啦？」

「叫你別管嘛！」為了避免下女再問下去，她問：「大少爺他們甚麼時候出去的？」

「大少爺沒有出去呀！」

「沒有出去？」

「他在樓上吶！」

錢子蓉聽見下女說她的哥哥在樓上，便三步跨成兩步的跑到樓上去。她急急的衝進錢聖謐的房間裏，果然看見他和衣躺在牀上，枕著手臂，在定定地瞧著頭頂上的圓帳想心事，連她的進來都沒有發覺。

「嘿！真的沒有出去嘛！」她快活地嚷道。

他回過頭去瞟了她一眼，又回復原來的姿勢。

她有點自討沒趣地聳聳肩膀，然後向四週望望。

「你的小李呢？」她試探地問。

「你不要提他好不好！」錢聖謐在牀上吼起來。

他這一吼，反而讓她窺出那個使他悶悶不樂的原因了。她非但不因他的暴躁而生氣，還好心好意的將一把椅子移近牀前，坐了下來。

「他不好，你何必向我發脾氣呢？」她委屈地說。

錢聖謚也覺得自己剛纔的態度有點過份，於是歉疚地向子蓉笑笑，用一種窒悶的聲音說：

「我煩死了！」

今天他所碰到的，都是些不如意的事。現在他一想起午間所發生的事情，就感到羞慚悔恨，因為事情已經過去了，無法挽回了。他想：她——梁若榆會用一種甚麼眼光看他呢？她會以為他是個無賴、流氓，而最使他痛心的，是他親自聽到她罵他們卑鄙。

「我真的卑鄙！」他責備著自己：「我為甚麼要聽從小李這種鬼主意呢？我可以拒絕他的！我可以不去！假如沒有發生這件事，也許以後會有更好更自然的機會——至少不至於將這條路走絕了！」

他開始痛悔自己的沒耐心，然後又將一切責任歸結到小李的身上。事情是因他而起的，是他把它弄糟的！算了，既然已經絕望了，他不願意再想下去。

當小李撇下他，向怒氣沖沖的梁若榆追上去的時候，他楞在那兒，他霎時間失去了一切思考的能力，好一會兒，他纔漸漸回復了意識，於是適纔所發生的事開始折磨著他，他的心臟急激地搏動著，燃燒著，每一條血管都在膨脹，幾乎要爆裂了，他渾身浸浴著汗水，直至有一種寒冷的感覺從體內一個甚麼地方傳導出來，他纔昏亂而疲憊地扭轉身，拖著沉重的腳步回到家裏去。

一路上，他以為自己要病了。可是到了家裏，金家碧小姐已經守候在那兒了。她帶來了她的唱片，同時強迫著他陪她一起欣賞，因為當著母親的面，他祇好勉強和她敷衍敷衍。但從他的神色中表現出來的冷漠和厭煩是很明顯的，等到小李回來，他便直截地說要到樓上去休息。薇薇亞早就覺察到他有點心不在焉，所以她也相信這是因為他昨夜沒睡好的緣故，因此她並沒有強留他，自己則拖著小李到街上買東西去。

他上了樓，便躺在牀上追悔自己所做的每一件事，連中午沒吃午飯都忘了。

現在，錢子蓉凝望了他一陣，一時猜不透他和小李發生了甚麼不愉快的事；不過，有一點是可以證實的；絕對是他們昨天鬼鬼祟祟地在進行的那件事！

「你是怎麼啦？」她溫和地問。

「沒甚麼，」他懶散地回答：「就是心煩！」

「是小李讓你心煩？」

他索性反轉身，伏在牀上。停了停，她繼續關切地問：「發生了甚麼事，你就不可以告訴我嗎？」

「……」

「事情真的那麼嚴重？」

「唉，不要提了，」他緊揑著枕頭，喊道：「提起來真丟人！太丟人了！」

「哦，我明白了，」她笑了笑。「一定是為了哪一個女孩子？」

他驀然反轉身，急急地問：「你怎麼知道的？」

「我怎麼知道的？」她的笑聲更爽朗了，她認真地說：「是你告訴我的呀！」

「我甚麼時候告訴過你？」

「你不看看你自己這副樣子！」

他嘆了一口氣，重又倒伏在牀上。

「別再逗我了好不好，小妹，」他抱怨地說：「你怎麼連一點同情心都沒有！」

「真是狗咬呂洞賓，」錢子蓉鄭重地聲明道：「我現在就是為了你的事情纔趕回來的呢！」

他不響，但，又有點沉不住氣，停了停，終於又把身體轉過來，用那種像是並不完全相信的神氣瞧著她。她反坐在牀邊的椅子上，雙肘靠著椅背，頭微微地歪著，裝出一副似真似假的神態。

「為了我甚麼事？」他低聲問。

「你猜。」

「你叫我怎麼猜呢！」

「好，那麼你先把你的事情告訴我。」

「哦，你想套我的話！」

「套你的話，你要不要我賭個咒？」她舉起手分辯：「人家規規矩矩地替你解決事情，你至少也得告訴我一個譜呀？」

「事情都完了，還有甚麼好解決的。」他傷心地補充道：「剛纔已經解決過了。」

「完全沒有希望了？」她問。

他痛苦地搖搖頭。

「那麼就是說，」她又問：「連你那位狗頭軍師都毫無辦法了？」

錢聖諶驟然激動起來。

「辦法？屁的辦法！事情就是讓他一個人弄糟的！」覺得躺著不能表示自己的憤怒，於是他霍地坐起來。

「以後我絕對不信他的鬼話！」

「這句話你最少也說過八遍！」錢子蓉揶揄道：「以後，事情過去了，祇要他一出主意，你又乖乖地跟著他跑！」

他無言以對了。但，為了表示這次事情的嚴重性，以及自己這一次所下的決心，他宣示道：「你看這一次吧！」

「你說了半天，」她又回到原來的主題：「還是沒有把這件事情告訴我呀？」

他沉默了一陣，本來不準備說出來的，可是越想越氣惱。他想：子蓉又不是外人，向她說了也許心裏會舒服些。因為這件事情他沒有錯，他祇和梁若榆說過一句話，而且他從來沒有存心欺騙她，他覺得自己實在太冤枉了，於是索性向妹妹一五一十的坦白出來；他連每一點細節都沒有疏漏，祇是沒有說出梁若榆的名字。

錢子蓉用心的聽著，不時插進一些問話，等到錢聖謐把話說完，她便替他惋惜一番，同時下了一個結論。

「這件事情不能怪你，」她說：「你也用不著難過，大概是你跟她沒有緣份吧！」

他低著頭，絞著自己的手指，沉默了一陣，他忽然擡起頭。

「現在輪到你說啦！」

錢子蓉微笑起來了。據她所知，錢聖謐從來沒有戀愛過，他對於任何一種新的事物，總是懷有那種孩童無知的畏怯的；在情感生活上，她自覺要比她的哥哥豐滿而成熟得多，她實在有點可憐他。她本來打算以介紹梁若榆給他作為借客廳的交換條件，而現在她倒真的存著這個念頭了。她覺得他應該有一個像梁若榆那樣既聰慧而又溫柔的女朋友。於是她直率地說：

「我要替你介紹一個女朋友。」

錢聖謐的臉孔紅起來。他靦覥地說：

「你別開我的玩笑了！」

「誰騙你，」錢子蓉認真地重複自己的話：「我真的要替你介紹一個女朋友。」

他猶豫了一陣，儘量不讓內心的激動表露出來。

「一個已經把我搞慘了，你還要跟我介紹。」他含糊地說。

「這怎麼能夠跟小李這件事情比呀！」她不以為然地嚷道：「說得不好聽，你們是在釘別人的梢，不是正途，就算給你追上了，那個女孩子也不會好到那裏去；而我是光明正大替你介紹的！」

他望著她的臉，她卻不耐煩了。

「倒底怎麼樣嘛！」她說：「像是替你介紹女朋友還得求你似的！」

「我，你叫我……」他困難地比著手勢。「怎，怎麼說呢？」

「要還是不要？」

「當，當然要囉！」他尷尬地逃開她的眼睛。

她認為滿意了，把椅子向前挪動一點，開始說：

「她是我的同學。你追的那位小姐雖然我沒見過，但我敢擔保絕對沒有我這位同學漂亮。」

「漂亮不漂亮倒不怎麼……」

「我知道，」她接住他的話：「最要緊是溫柔一點的，不裝模作樣的，最好還帶點病態美的。是不是？」

他忍不住笑了。

「我告訴你，我這位同學就是這樣的一個『憂愁夫人』——不過並不是整天愁眉苦臉的那一種憂愁。」

「嗯。」他應著，顯然已經被妹妹所描繪的那個含愁的女孩子所吸引了。

「我剛纔碰到她，我就想起你了。」她繼續說：「現在我要跟你研究研究，應該用一種甚麼方式介紹。」

他摸摸下巴，想了想，但是沒有主意。

「你說呢？」他問。

「到外面去總不大好吧？」她望著他，偵伺著他對這句話的反應。

「呃，」他略一思索，然後說：「那麼就請她到家裏來好了。」

她那俏皮的弓形的小嘴邊泛出一絲狡猾的笑意。

「我也這樣想，」她表示附和他的意見：「不過，我覺得有點小問題。」

「甚麼問題？」他緊張地問。

「比方說，」她有條有理地分析道：「請她到家裏來，總該留人家吃飯吧？這樣，又未免有點太露眼了，媽不是正在給你拉攏金家碧嗎？」

「管她的！」他忿忿地叫起來。

「不能不管，」她制止他：「我的意思是最好暫時不讓媽看出來，那不是可避免很多麻煩嗎？等到以後你們雙方的感情好了，她要阻止也阻止不了。」

妹妹這一番深謀遠慮的話使他佩服得五體投地，但，他依然想不出甚麼能夠不讓母親看出來的好主意。

「那麼你的意思呢？」他問。

錢子蓉假裝在想，然後說：「最好是多請幾個朋友來，媽就不會注意到她了。」

「你是說開個茶會？」

「開茶會你就沒有機會跟她單獨談啦！」

他漸漸了解妹妹的意願了。

「哦，妳想開派對？」

「開派對有甚麼不可以？」她興奮地接下去：「紙要你開口，媽怎麼會不答應？」

開派對，這的確是一個最好的主意。錢聖謚想：燈光幽暗，音樂悠揚，充滿了羅曼蒂克的氣氛；而且，他可以和她那位「憂愁夫人」躲在一角聊天，甚至還可以緊靠著她跳舞……

他有點按捺不住地從牀上站起來，說：

「好，我現在就下去跟媽說——不過，你說那一天開比較好呢？」

「當然越快越好，最理想是明天晚上。」她回答。

「明天晚上，來得及嗎？」

「怎麼來不及呢？」她說：「我已經約好她了。而且，除了你幫忙把客廳佈置一下，甚麼都用不著你管！吃的喝的，滑石粉，我們全都準備好了！」

「你們……」

這個時候，錢子蓉纔發覺自己說溜了嘴，害怕哥哥窺破了她的秘密，連忙掩飾地說：

「就是我替你請的客人呀！我的意思是：名義上由你出面，其實是大家湊起來玩，這樣總可以省點錢吧。」

「你太油條了！」他笑著批評道。

「油條？」她反駁道：「能夠的話你以為我不會大方呀！」

「好，就這樣，我現在就下去。」

他剛轉身，她便想到一個始終被自己忽略的問題，因此便叫住他。

「我差點兒忘了！」她低喊道。

「忘了甚麼？」

「家碧！」她簡截地說：「怎麼辦？」

她以為哥哥又得為這件事情煩惱了，那曉得錢聖謚卻胸有成竹地微笑起來。他說：「放心好了，金家要到日月潭去玩幾天。」

「甚麼時候？」

「今兒晚上的夜車，臥舖票子都定好了。」

「那真是太巧了。」她欣幸地說。「現在她的人呢？我看見她的東西放在下面——哦，你已經把唱片買回來了？」

「唱片是家碧送給我的，」他說：「現在小李陪她到街上去買東西。」

錢子蓉心中那點已經熄滅了的希望現在又燃燒起來了，她用一種甜蜜的聲音說：

「那麼，你昨晚答應我的呢……」

「哦，媽祇給我兩百塊錢，」他隨手從褲袋裏將兩疊鈔票掏出來，遞給她：「全部給你吧。」說完，他有點迫不及待地跑到樓下去。

錢子蓉這個時候纔鬆下一口氣，她的心事現在可以放下來了，她望望手上的鈔票，忽為覺得世界上的事情很可笑；成功一件事情，有時是很偶然的。

「當然，」她在心裏說：「這都是梁若榆的功勞！」

十

第二天錢子蓉向學校請了一天「病假」，一早就忙著幫助錢聖謚佈置客廳，小李當然也在場的；為了要在大吊燈與牆壁之間拉彩色皺紙，連阿美和老袁都出動了。錢太太站在一邊看他們弄，嘴上含著那種在以前難得看見的微笑；因為沒有梯子，所以貼紙條的時候祇好用凳子架在圓桌上，她害怕兒子站不穩，所以命令小李爬上去，理由是小李比較靈活。

他們在忙碌著，錢子蓉認真地數了一遍阿美拿出來的玻璃杯，又檢查了一下應用的東西，覺得沒有甚麼缺漏了，纔放下心來。昨天下午從錢聖謚的嘴裏得到這個好消息之後，她快活得不知道該先做甚麼事情纔好。她連忙騎車子到學校去，和他們聯絡好時間，安排好次序，然後再到西門町去。在一家小拍賣行裏，碰巧讓她發現一段銀灰色的「塔夫脫」衣料，那位說起話來聲音像女人的店老闆說：這段衣料是從美軍PX轉到市場上來的，價廉物美；生怕被另一位太太搶去，她連價都不敢還便買下來了。之後，她趕忙拿到內江街一家叫做「阿里」的小洋裁店去做；這家洋裁店雖然小，但，住在臺北的女孩子差不多都知道，頗為出名；因為據說那位胖子老闆娘剪裁的手藝不錯，祇要你說得出來，她絕對能令你稱心滿意。而最難得的，卻是她的時間快，甚至可以在幾個鐘頭內趕出一件一點也不含糊的衣服。當錢子蓉挑好式樣，聲明這件衣服明天晚上要穿的時候，那位老闆娘並沒有絲毫為難的樣子。但錢子蓉卻反而替她擔心了。她一夜都沒睡好，老是在惦念著這件衣服，這個舞會，以後同學們對她的觀感等等——女孩子這點虛榮心是免不了的，尤其是她；有些時候連她都不相信自己是生長在這個富有的家庭裏的。

現在，她看了看錶，準備在十點鐘的時候到洋裁店去跑一趟。

皺紙好不容易拉好了，客廳已經變了樣，很有點像個甚麼遊藝會。錢聖謐興高采烈地將聖誕樹上用的會一閃一亮的彩色小燈泡拿出來，掛到牆上去。他一邊指揮著小李去用顏色紙包住那幾盞大吊燈，一邊命令阿美把柚木地板重新打一次蠟。

小李在工作著，但他不時偷窺著神情興奮的錢聖謐。他真的有點糊塗了，昨天當他帶著那種負疚之心回來時，他還那麼痛苦沮喪，一夜之間，甚麼改變了他呢？他簡直有點摸不透今天開舞會的意圖？因為絕對不是為了薇薇亞，她和金伯伯到日月潭去了，這件事情他是知道的。對於錢聖謐的快活，他愈來愈感到威脅。

「最糟糕的還是金伯伯他們去日月潭，」他心裏想：「房子又得拖幾天了，今天我還得去看那個房主呢！」

「怎麼樣？」錢聖謐向他喊道：「都包好了吧？」

「好了！」他跳下來。錢聖謐對他像是從來沒有發生過甚麼事情似的，反而使他覺得不舒服。他望著錢聖謐在認真地試著變換燈光，心裏一邊在盤算對策。

忽然，一個尖銳的聲音在園子外面嚷起來。

「是家碧！」錢聖謐震顫了一下，他回過頭，發現錢子蓉正以同樣困惑的眼色望著自己。

「你們來個人幫忙呀！」薇薇亞在外面喊道。

錢太太連忙跑到露臺外面去。

「啊家碧，我還以為妳不來了呢！」她親切地向站在園子裏的金家碧說，然後回過頭。「——呃，小李去幫她拿拿。」

小李應聲出去，替金小姐拿下其實她自己可以拿得進來的東西，然後走在她的後面。

「你爸爸他們走了吧？」錢太太笑著問。

「走了。他說他跟朋友約好了，要不然他也要留下來參加這個舞會的。」薇薇亞在客廳的門口叫起來：「啊，你們都佈置起來了——聖謐，你真有一手呀！」

錢聖謐放下手上的工具，突然對這一切都失去了興趣。但金家碧並沒有覺察到這點反應，她只顧走進客廳，在當中轉了一圈，那條鵝黃色週圍鑲有一對對小布人的大裙子像一隻蝴蝶似的飛了起來。

「唔哼，Not bad!」她忽然向小李擺擺手。「呃，你拿著幹甚麼呀，放下來嘛——表姨媽，我又買了幾張唱片，For dancing的，你要不要聽聽？」

還沒等到對方回答，她已經拿過唱片，到落地唱機那邊去。

音樂響了，她用腳尖點著拍子，一邊在細心地傾聽著。

「怎麼樣，表姨媽？」她問。

「這些洋歌我聽不懂，你問問聖謐吧。」

錢聖謐搓著自己的手，只好點點頭。

「呃，對啦，」她忽然像是纔想起來似的向他說：「你說我今天晚上應該穿甚麼顏色的衣服呢？」

「我……我怎麼知道！」錢聖謐淡漠地回答。

她望著他的臉，理直氣壯地說：

「這個舞會是你為我開的，我是你的Partner，你當然有這個Obligation向我建議啦？」

他錯愕地微張著嘴，半晌說不出話。他漸漸地把整個事情明白過來了：又是母親替他出的好主意。於是，他怨恨地瞟了她一眼，然後以一種徵詢的眼色望望旁邊的錢子蓉。薇薇亞看風轉舵，將目標移到錢子蓉的身上。

「子蓉，你說呢？」她快活地問。

錢子蓉猶豫了一下，她奇怪自己現在為甚麼這樣討厭金家碧；她覺得她不知趣的程度已經近乎痲木了，而且，還有點「馬不知臉長」。

「真是馬不知臉長！」她在心裏說。但在嘴上，她又不得不勉強地搭上一句。

「你穿甚麼顏色都漂亮！」她說。

「真的呀？」金小姐用一種小女孩所特有的動作拍拍自己的手。「那麼我穿一套銀灰色的。銀手袋、銀皮鞋……」

「銀色的？」錢子蓉吃驚地喊道。

「銀色不好嗎？」

「哦，不！」她有點不順嘴地回答：「我……我覺得，呃，你——你還是穿紫蘿蘭色的，或者是金色的……」

「金色？對，我穿金色的！」

解決了穿衣服的事，大家突然顯得無話可說了。薇薇亞望望他們，這個時候，她纔發現平常話不離嘴的小李竟然沒有說過一句話。

「嗨，米湯李！」她叫道：「今天是不是傷風啦？」

「沒有呀！」小李作態地說；「我看見你們談衣服談得那麼起勁兒，連插嘴的機會都沒有！」

「呃，你說，我穿金色的好不好？」

小李瞟了錢子蓉一眼，阿諛地說：

「小妹說的那還錯得了！你想，你姓金，穿金色的衣服，那真是又統一又和諧……」

錢太太在一邊笑起來了。

「小李這張嘴真會說！」她得意地說：「呃，聖謚，你著還要佈置點甚麼？索性把它弄好了，好早點休息——你還要去理一個髮呐！」

錢聖謚不由自主地摸摸後頸，薇薇亞金已經向四週巡視起來了，那種神氣儼然是這個舞會的女主人。

「我看沙發得抬出去，」她提議道：「太礙地方，最好是換小椅子，靠牆放，這樣可以多坐幾個人——呃，聖謚，你到底請了多少人呀？」

錢聖謚茫然地望望妹妹。

「不多不少，正好跳得下！」錢子蓉冷冷地說：「好了，你們佈置吧，我得出去一下。」

「慢點，我跟你一道走！」錢聖謚接著說。

其實，錢聖謚要和他的妹妹出去一下，並不是一件怎麼值得讓人驚訝的事，可是，錢太太卻緊張起來。

「你要到那裏去？」她問。

「我就在門口！」他含糊地回答。說著，他已經走出廳門。

在大門外，他心煩意亂地來回走著，用拳頭敲打著磚牆。妹妹推著她的腳踏車出來了，他們走了幾步，她困惑地擡起頭，問道：

「你真的要跟我出去？」

「你要到那裏去嘛？」

「我去看看我的衣服，」她說：「順便到學校去溜一趟，看看他們的東西準備得怎麼樣？」

他不響，她知道他正為薇薇亞的突然參加而煩惱。

「你是不是想跟我一起去？」她低聲問。

「我去幹甚麼呢！」他嚷道。

「……」

「子蓉，」他忽然正色地說：「我看今兒晚上這個舞會，乾脆取消了算了！」

她吃了一驚。

「這怎麼可以呢！」她不以為然地喊道：「你不能夠為了家碧一個人，要我去得罪那麼多人呀！而且，還有我要替你介紹的那位梁小姐……」

「還談甚麼涼小姐熱小姐！」

「哦，有了家碧，我們就玩不成啦？」

「怎麼玩？你沒看見嗎？」他比著手勢。「就像這是她的家，舞會是她開的！」

「這還不是媽替你出的好主意！」

他驟然激動起來。「你說，我該怎麼辦？」

「怎麼辦！」她說：「我們玩我們的，就當沒這回事兒！」

看見他不作聲，她接著問：「你說你辦不到？」

「誰說我辦不到！」他嚴重地宣示道：「你看著，我說不理她就不理她——我現在回去就開始！」

「結果你還是要回去！」

他靦覥地笑了。

「不回去，又到那裏去呢？」他掩飾地說：「我甚麼事情都沒有。」

「要是我，」她說：「我寧可到街上轉它幾個鐘頭再回去。」

他曾經這樣想過的，但，他害怕回來之後母親又要向他查根問底。現在，他猶豫了一下，終於說：

「那麼，我去理個髮吧。」

錢子蓉認真地望著自己的哥哥，像是要想窺察到他的思想的內層裏似的。她覺得寄怪，她想：他的腦子裏，就不能想出一些自己所要做，或者想要做的事情嗎？他祇會聽從媽媽替他安排的，表面上似乎並沒有強迫他，而是由於他的自願；其實，他已經整個地被她控制了，離開了她，他便會感到無所適從。想著，她突然抓住一個怪念頭。

「下午你有很多時間理髮的，」她慫恿道：「而且，看樣子家碧今天一定會守在家裏，下午，你還可以名正言順的溜出來一些時候。」

「唔，」他不置可否地應著。

「這樣吧，」她繼續說：「你先陪我去看看衣服，然後我帶你到她家去。」

「誰？」

「我那個女同學呀！」

他變得不安起來。

「現在去不大好吧？反正晚上她就要來的。」

「你不懂，這是表示你的誠意。」

錢聖謚不再堅持，他的妹妹替他叫了一輛三輪車，然後一起出發。她騎著車子，走在三輪車的旁邊。即使那天的事情沒有發生，錢聖謚也不習慣於這種見面的方式，他害怕。他覺得，這樣非但有損男性的「尊嚴」，同時有點犯罪的感覺。總之，要去認識一個女孩子，對他的確不是一件尋常的事。雖然他也承認，他樂於去認識和去接近，但，並不是這樣「無可避免」的方式，應該是一種自然的、偶然和巧合的——由於一種機緣，於是，大家幾乎用不著說半句話，他們便認識了……

他不敢把自己這個想法向妹妹說出來，他知道她將會怎樣批評他。可是，他愈想愈覺得不合適。

「我看，還是不要去算了。」他在三輪車等綠燈時向錢子蓉說。

「為甚麼呢？」她喊道：「你這個人就是這樣三心二意！現在先替你們介紹了，晚上不是更自然一點了嗎？她是我最要好的同學，我正正式式替你介紹，你還有甚麼好怕的？」

「你說話的聲音低點好不好！」

「怎麼樣嘛？」

「好吧，去就去吧。」他有點無可奈何地回答。

他們先到「阿里洋裁店」，那位胖子老闆娘搞昏了，把錢聖謚當作錢子蓉的男朋友，當錢子蓉進去把那件工作還沒有做完的銀色夜服試穿起來的時候，她一定要錢聖謚表示一點意見。

「很好呀！」他淡漠地說。

「究竟是不是好嘛？」錢子蓉接著逼問。他躲開老闆娘的眼睛。

「你叫我怎麼說呢？」他低聲抱怨道：「我又不懂，我又不知道妳們在流行甚麼花樣……」

她走開了，很快地她便換好衣服出來。她向老闆娘叮囑幾個需要修改的地方，同時說明下午幾點鐘來取，然後向心神不寧地站在門口的錢聖謚說：

「走吧！」

他上了車，她向車伕說要到杭州南路去。一路上，他無心說話，祇是專注於這件即將來臨的事情，後來他幾乎盼望那位小姐不在家了。

到了杭州南路一段，錢子蓉走在前面，找到了那條巷子，然後在中段一家日式房子的門前停下來。看見妹妹望著自己，錢聖謚吶吶地說：

「我用不著下來了？」

她也不想強迫他，擺好車子，她便過去揿籬門上的電鈴。

出來開門的是梁亦雄，他手上拿著一本厚厚的、甚麼投考必讀這一類的書；他望望錢子蓉，又打量了坐在三輪車上的錢聖謚。

「妳要找誰？」他大模大樣地問，雖然他已經認出來，他曾經和她在新公園見過面；他不喜歡她，因為她又和男生在一起。

錢子蓉笑笑，低聲問道：「你姐姐在不在家？」

他搖搖頭，又瞟了三輪車上的聖謚一眼。

「你曉不曉得她到那兒去了？」她又問。

「去練琴。」他簡截地回答。

「在甚麼地方？」

「不知道！」

「中午會回來嗎？」

「不一定，」他故意說：「也許很晚纔會回來！」

她知道這樣問下去，也不會有甚麼結果的，所以她索性不留甚麼話。她有這份自信；祇要梁若榆收到請帖，她一定會來的。

「既然不在家，我們走吧！」她回過身來向錢聖誰說。

錢聖謐感到一陣輕鬆，但，接著又感到突然被一陣奇異的情愫攪擾著，像是遺憾，又不像是單純的遺憾。出了巷口，錢聖謐沒再跟錢子蓉到學校去，便坐著原車折回家裏。

金家碧和小李也正好從外面回來，正忙著在客廳裏檢查著剛買來的一大堆食品。「喏，半斤話梅，姨媽你嘗一顆！」她慇懃地遞到錢太太的面前。「臺灣的話梅真不夠味，這麼小，香港的一顆就抵得上它十顆！」

「當然，」小李阿諛地說：「臺灣怎麼能夠跟香港比，連可口可樂都沒有！」

「沒有Cocacola？」薇薇亞叫道：「我真的還沒有注意到！」

「公開賣的沒有，」小李故作神秘地說：「不過有黑市，是從美國人那兒弄出來的，七塊錢一瓶——你要不要我去替你買幾打回來？」

她算了一下。

「啊！算起來要一塊多港幣一瓶呀！」

「貴嗎？」他說：「如果沒門路，想找個空瓶子都找不到呢！」

薇薇亞不能表示貴，但她可以表示可口可樂並不希奇，在香港早就喝膩了。小李發現生意兜不成，也不再說下去。當他拿起一隻較大的紙包時，她假裝忘了那紙包裏裝的是甚麼，於是把話岔開：

「這一包是甚麼？」

「牛肉乾呀！」小李說。

錢聖謐就在這個時候進來了，錢太太快活地喊道：

「聖謐，你來看，家碧為了舞會買了這麼多吃的東西！」

「唔。」他淡漠地應著。

「喏，這是我特地買給你的『朱古力』，」這次薇薇亞沒有說英文，卻說了一句標準的廣東話，因為她覺得巧克力用廣東話說出來纔夠味，就好像Taxi一定要叫「的士」一樣。「你還記得嗎？」她說：「我們小的時候，有時候吃到連飯都吃不下的。」

「你還記得那麼清楚啊！」錢太太笑了，笑裏有一半是感動，另一半是哀傷。她望著兒子，說：「吃不下飯還算小事，還整天淌鼻血呢！」

錢聖謐望著手上的兩塊巧克力糖，他想起一些小時候的事情，但，他馬上又阻止自己想下去。

「我要到樓上去。」他說。

「幹甚麼？」母親疑慮地問。

「我有點累。」他隨口回答。

「你一定著涼了，」她頓時慌張起來：「祇穿這一件衣服，到外面跑了半天——你，你跟她到那裏去了？」

「我那裏都沒去，」他厭煩地分辯道：「我沒有著涼，我……」

錢太太摸摸他的額。

「還說沒甚麼！」她嚴重地說：「有點發燒呀，去，快上去添件衣服，我給你拿感冒特效藥，」

「我說沒甚麼就沒甚麼！」他嚷起來，他現在反而不願到樓上去了。「難道我連自己舒服不舒服都不知道嗎！」他走開，這時纔看見飯廳的長餐桌已經搬到靠近內門的牆角上去了，於是他故意把話岔開，回頭向小李詰問：「這是誰要搬出來的？」

小李沒有回答，祇是暗示地瞟了身邊的金家碧一眼。

「擺在這裏不對嗎？」金家碧困惑地低聲問：「照一般的規矩，我覺得……」

「那是你覺得，」錢聖謐惱怒地打斷她的話，他發現母親在盯著自己。「我覺得應該擺在那一邊！」

把話說完，他等待著，他知道金家碧一定受不了，她會生氣，甚至會哭出來；總之，場面一定非常尷尬的。可是，竟然出乎他的意料，他聽到一個溫馴的聲音在說：「來，小李，我們就照他的意思，把餐桌移到這邊來！」

錢聖謐祇是站著，並沒有幫他們的忙。等到餐桌在他所指的那個地方放好了，金家碧溫和地問道：

「這樣對不對？」

他有點羞愧的感覺，他點了點頭，突然覺得客廳裏的空氣非常窒悶，大家沉默了片刻，他用一種不自然的聲調說：

「我，我要去理髮去！」

錢太太正要阻止他，金家碧已經搶著說話了。

「我跟你一起去，」她說，同時向他走過去。「我正好也要去洗頭，完了我們就在外面吃一點東西，你再陪我回圓山去換衣服。」

錢聖謚的腳步在門口僵住了，顯然他找不到任何理由來打消她的這個決定了；他並沒有回頭去望身後的人，他略一思索，然後把心一橫。

「讓她去吧，」他告訴自己：「祇要記著，別去理會她！」

到了街上，他並沒有叫車子，便自管自地大步走起來。金家碧勉強跟了一小段，走得很吃力；她要求他走慢一點，他不聽，她祇好挽住他的手膀。

除了那天在園子裏，金家碧挽著他的手膀走過一段路之外，在大馬路上，這還是生平第一次。錢聖謚覺得渾身不對勁兒，彷彿每一個路人都在注意著自己。

她似乎也覺察出來了，於是說：

「你好像不大高興跟我一道出來似的？」

「我們不是一道出來了嗎？」把話說了，他又後悔為甚麼要和她搭訕。

她並沒有問他，為甚麼不坐車子去？又走了幾步，她故意慢下步子，問道：

「你是不是生我的氣？」

「生甚麼氣？」

「哼，你以為我看不出來呀！」她以為自己真的已經看出來了。她解釋道：「我本來打算跟你一起出來買的，結果左等右等，你還是沒回來，後來我害怕時間不夠，纔拖著小李出來買——我不曉得路呀！」

他不響，其實心裏在發笑。

「不過，」她接著說：「我知道你的脾氣，過了就沒事兒！後來，你提議把餐桌移到那一邊去的時候，你不知道我心裏多麼高興！」

他不得不回過頭來望她了。

「你心裏高興？」他不解地問。

「我當然高興！」她深情地笑著。「這就表示你關心我的事——我真喜歡看見你這種有主張的樣子，真的，我說不出，我覺得你平常也應該這樣。」

這一番話在他的心中所引起的激動是非常微妙的，他不能解釋那充塞在心靈中的是喜悅還是憎惡，他幾乎開始有點感激她對他的這一點「誤解」了。

「是的，」他向自己說：「我應該這樣！」

他陷入這種甜蜜的自炫的快感中。他們從一家頗為講究的男女美容院出來，到附近一家餐室裏吃了點東西，然後到圓山去，他的態度仍然是那麼愉快而安詳。

當然，金家碧的快樂是可以想見的，由於他所表現出來的這種神奇的意態，她不能懷疑，她深信這足以證明他是愛她的！

直至她換上那套高貴的鑲著金絲的夜服，搭著同樣質料的披肩，然後赤著腳，提著一隻金色金屬小手袋和一雙金色的高跟鞋走出起坐間的時候，錢聖謚纔驀然記起，他原是異常憎惡她的；他知道，這兩個鐘頭裏他所傾心的，所沉醉的，並不是她，而是自己的「有主意」而已。

但，儘管如此，薇薇亞在晚上這個舞會中仍然是很重要的，至少她所表現的是這樣。她始終站在錢聖謚的身邊，儼然是這個舞會的女主人。

十一

和往常的每一個星期一一樣，梁若榆離開舞蹈研究所的時間比較早一點，困為按例那最後兩節是不需要鋼琴伴奏的。她走到街上，臺北九月的黃昏是相當迷人的，有薄薄的涼意。她在路口站了一會兒，望望四週因亮得過早而顯得昏黃的燈光，這種景色在她的心中勾起一絲愁味，使她有孤獨落寞的感覺。

昨晚父母親的爭吵延續至半夜，她幾乎始終未能合眼，因此精神是很困乏的，但，即使如此，現在她仍然急於要回家去。連她自己也有點不明自，家，為甚麼這樣吸引著她；尤其在那兒她所得到的，只是痛苦和煩愁。

她懷著這一份奇妙的狂熱回到家裏，她惦掛著他們，因此當她走進這條昏暗的巷子，走到門前時，她甚至連大門是半開著的都沒有覺察到。

她正要伸手去撳電鈴，驀然嚇了一跳。

「誰？是誰？」她低促地對倚在門邊的黑影顫聲發問。

「是我嘛！」她聽出是弟弟的聲音。

「你在這裏幹甚麼？」

「我等你回來！」

「哦！」她望望裏面，馬上明白過來了，於是低聲問道：「媽沒起來燒飯？」

他不回答。

「爸呢？」她接著問。

「回來了，在裏面。」

她想了想，隨手從手上的小皮夾裏拿出十塊錢，遞給他。

「我們下麵吃！」她說：「你去買一斤半麵條，賸下來的買點滷菜，我現在就進去燒開水。」

他剛要走，突然想起來。

「哦，信箱裏有你的信。」說著，他急忙返身向巷裏走，因為從那兒通向東門市場是很近的。

她虛掩上門，從信箱裏取出一封信，然後站在玄關下面借著屋裏的燈光拆讀。

原來是一份用打字機在淺藍色圖畫紙上打出來的英文請帖，詞句和格式就是一般派對所用的那一種，她感到很熟識，幾乎還能夠背出來。她記得念高中一年級的時候，她們就曾經因為這種請帖鬧過一次笑話——以當時她們的英文程度，擬出一份令人啼笑皆非的請帖；事後，她們纔曉得這種格式。現在回想起來，仍舊覺得好笑……

她苦澀地笑笑，將請帖放到毛外套的口袋裏。說老實話，假如她沒有收到它，她根本把錢子蓉約她這件事完全忘了，現在雖然她記起來了，但仍然不去想它，因為她並不打算去參加這個舞會。她沒有心情參加任何一個舞會。

到房裏放下手上的東西，她脫下身上的毛衣，便到廚房去準備下麵用的開水。幸好大煤球還在燃著，她拿掉爐子下面的圓塞子，火又熾旺起來了。亦雄也很快地把她吩咐他去買的東西買回來了，他多添了一塊錢的麵，因為他怕一斤半麵四個人不夠吃，那一塊錢是他自己的——她早上給他的。他們在廚房裏忙碌著，為了使這頓晚餐更豐盛一點，她找到兩隻皮蛋和一碟母親喜歡用來佐餐的醬菜，等到麵下好了，他們端到飯桌上，然後分別到父親母親的面前去，請他們出來吃晚飯。

大概他們也實在是餓了，要不然就是不忍心辜負兒女這番好意，他們延宕了一陣，終於走進那間小飯廳。梁若榆和弟弟坐在父母之間，雖然父母親坐下來之後始終沒說過半句話，甚至互相連望也不屑於望一眼，但，她能窺出他們心中都懷有歉疚之意，祇是都不願意表示出來。她寬慰地向父親瞥了一眼，然後將那碟醬菜推到母親的面前。

「媽，你吃嘛！」

梁太太擡起頭，忽然接觸到丈夫的目光，她來不及分辨，便激動起來。

「就算我不起來燒這頓晚飯。」她惡聲惡氣地叫道：「你也用不著這樣著盯我！」

梁先生驚愕地停下筷，微張著嘴，因為他望她是沒有半點惡意的——甚至可以說是毫無意義的。他想不到對方竟然會這樣猜度他，於是他急起來；他為自己表白，可是，這種分辯顯然把這件事情更形惡化起來。她首先對他的大聲表示不滿，然後，索性摔掉碗筷，又開始一場新的爭吵……

梁若榆楞住了，當她明白這個局面已無法挽回時，她突然被一陣劇烈的悲痛所震撼，她急忙扭轉頭，匆匆地站起來，奔入自己的房間。

她撲倒在牀上，緊緊地咬著自己的手指，極力抑制著自己，不讓自己哭出聲音來。

這是一件多麼令人掃興令人絕望的事情啊！她還以為這一頓晚餐會緩和這兩天的冷漠的氣氛，她準備在飯後將那個好消息——當家庭教師——告訴他們，她認為他們會為她高興的，她有許多話要和他們說，像那些幸福的家庭一樣，在晚餐桌上大家談談說說。她是多麼渴望著這種生活……

可是，事實擺在眼前，她是無能為力的了！她早就知道自己是無能為力的了！

現在，爭吵的聲音愈來愈大。那些新的，舊的，那些曾經被唸過幾百遍的話又搬出來了，更添上一些尖刻的，生硬的，令人痛心的字句……

碗碟的破碎聲使她驚跳起來，她望著紙門，突然返身跑到書桌前。她抽噎著，忙亂的對著鏡子用手帕擦去臉上的淚痕，掠掠頭髮，然後穿上那件搭在椅背上的灰色的毛衣，拉開紙門，低頭向玄關走過去。

父母親暫時停止爭吵，凝望著她，但都沒有說話；直至她出了大門，那種惡毒的詈罵纔繼續囂揚起來。

走了一小段路，她纔發覺弟弟走在她的身邊。

看見姐姐望著自己，梁亦雄問道：

「你要到哪裏去？」

「隨便走走，」她咬咬嘴唇：「你沒吃飽？」

「我纔吃兩口，他們就……」

她在巷子的路燈下面，從小皮夾裏取出十塊錢。

「你到東門町去吃點東西吧，」她將鈔票遞給他，同時叮囑一句：「可別一下子把它用完了——這樣吧，如果你想看，就到寶宮去看場電影。」

「你呢？你也沒吃飽呀！」

「我不餓，也吃不下，」她推開他。「走你的吧，我祇是隨便走走！」

他走開了，她繼續茫然地向前走，走到巷口，她纔發現弟弟尾隨在她的後面。

「亦雄，」她把他叫過來，問道：「你跟著我幹甚麼呀？」

「我，我怕你……」他噙著眼淚，吶吶地回答。

「怕我，怕我甚麼？」

他遲疑了一陣，終於說：「怕你去自殺！」

她幾乎不敢相信這句話是從一個十五歲孩子的嘴裏說出來的。自殺？他怎麼會這樣想呢？她笑了，捉住他的臂，溫和地問：

「誰告訴你會去自殺？」

「我看報紙的，」他含糊地說：「說甚麼，女人吵架啦，就去自殺了！」

「我先問你，」她問：「你會去自殺嗎？」

「我當然不會啦！」

「那麼你就把我看得這樣沒出息？」看見對方靦直地低頭笑了，纔接著說：「別胡思亂想，祇有那些沒出息的人纔會自殺的——去吧，你還趕得及看九點鐘的一場！」

這次，她望著他走遠了，纔回轉身。

「自殺？」她自語道：「我真的還沒想過呢！」

經過梁亦雄串演的這一場小小的「喜劇」，梁若榆緊張的心情顯然鬆弛了一點。她緩緩地走著，現在她已經不想哭了，她甚麼也不願想，只是有點茫然地向前走著……

她不知道自己走了多少路？經過了些甚麼地方？她覺得都是一樣的；黑夜，五顏六色的燈光、車輛、人潮，以及那份紊亂和囂鬧。她不想避開它們，她要擠到裏面去……

可是，現在她卻發現自己正站在一條並不怎麼熱鬧的街道上。這個發現使她大感驚異，要不是那個長臉的傢伙在她面前盯著她的話，她真不知道她會站到甚麼時候。她望望這條寬敞的街道，有慢車道，安全島，而且行人道上植有樹，她一時想不起路名，甚至懷疑自己從來沒有到這條路上走過。

於是她認真的走過去看看那家店舖的門牌。

「哦，是中山北路！」她像是不敢相信似的回頭去望望這條路，這纔發現目前站立的地方正好是較為僻靜的那一段。她自嘲地笑了。「夢幻曲」那悽怨而微顫的絃聲從哪家店裏流瀉出來。

「我大概是要聽這支曲子纔停下來的。」她告訴自已。

音樂完了，接著是那個女播音員用一種快到使人聽不清字句的聲音，開始唸一串除了可能引起聽眾反感之外，別無效用的廣告詞兒……

她又開始走起來，但，纔走兩步她又站住了。

她的手指摸到那份請帖，從毛衣袋裏拿出來。

現在是九點十五分，時間還不算太遲，而且地址是中山北路三段，祇要再走幾步路就到了。

「我不去，」她向自己說：「連衣服都沒換一件，怎麼好意思去呢！」

但，她又覺得應該去一趟；她可以不進去，讓錢子蓉到外面來，於是便找個理由說自己不能參加，特地來道歉的。這一來，豈不是兩全其美了嗎？老實說。她真想和錢子蓉談談，她後悔自己離開家時沒有想起這件事。

十二

幾分鐘之後，她按著請帖上的地址找到了錢家，其實，沒有請帖她也可以找到的，抵是她不肯相信自己的記憶力，怕走錯了人家。因此，她找到了，還慎重其事的對過一遍，纔敢伸手去撳門鈴。

她聽到輕快的音樂聲從園子裏傳出來。隔了一陣，她再撳撳門鈴。

這次，聽見有人走出來了。開門的是一個衣冠楚楚，滿臉孩子氣的男孩子。

看見門外站著的是個女孩子，他連忙拉開半邊大門，慇懃地笑著說：

「小姐，請！」

「哦，不……」梁若榆吶吶地說：「我，我要找錢子蓉。」

「對呀，沒錯！」他自作聰明地接嘴：「裏面已經開始個把鐘頭了，請吧！」

「不！我不進去，我想請你替我叫她出來一下。」

他遲疑一下，像是感到有點遺憾，於是拉拉那隻大概套得不怎麼舒服的紅領結，說：

「好吧，那麼請你等一等。」

「謝謝你。」

他返身向裏跑，又回過頭望她一跟，像是生怕她會走掉似的。一會兒，他帶著錢子蓉出來了。

錢子蓉穿著她那套銀灰色塔夫脫夜服，神情興奮，她老遠地便叫起來：

「啊！若榆，我還當你不肯來呢！」她過去拉著她的手。「走，我們進去吧！」

梁若榆望了那個男孩子一眼，他很知趣地退到一邊去，於是她紅著臉向錢子蓉說：

「我不進去，我是特地來向你道歉的。」

「道歉？」

「嗯。因為——呃……」梁若榆是不善於說謊的，那個計劃好的理由總是說不出口，最後，索性說實話：

「我，我覺得不大舒服。」

「你不是已經來了嗎？」

「我是來道歉的，我怕你會生氣——真的，我不騙你，我真的不大舒服。」

「既然已經來了，就別走，」錢子蓉摯切地說：「你可以不跳，我們坐下來談談。」

「那怎麼行呢，」梁若榆為難的回答：「你看我這一身打扮，進去不笑死人纔怪！」

「這不很好嗎？」說出了嘴，錢子蓉才發覺這句話並不合適。「這樣好了，」她湊近她，提議道：「你可以到我房裏換一套？」

梁若榆搖搖頭，

「你既然一定不肯，」錢子蓉說：「那麼我也不想玩了，我陪你到外面談！」

這句話感動了她，她覺得這樣未免太不近人情了，她不願掃別人的興，於是她阻止她，答應到裏面去坐坐。

「衣服我不換了！」她說。

「祇要你高興。」

「我當然高興！」

錢子蓉拉著她的手，這纔想起未曾替梁若榆介紹旁邊這個男孩子。她向他們說：

「我來替你們介紹：這位是古方正，是我的同學，這位是梁小姐，也是我的同學。」

他們互相點點頭。姓古的那個男孩子又摸了摸領結，然後有點不自然地擺擺手說：「你，你們進去吧，我——我來關門！」

她們拉著手，笑著，向屋子走過去。

這是一個完全屬於年輕人的舞會。

這天的下午，「維他命」便帶著兩名「助手」，浩浩蕩蕩地拖了滿三輪車的食物來到錢家，立即著手幹起來。錢家的人都忙昏了頭，沒去追問這些東西的來源，金家碧當然一見如故，在旁邊指指點點；當「維他命」將他那一大缸拿手傑作「什錦冰水」調製好之後，金家碧照例嘗了一口。

「怎麼樣？」他盯著她的臉，問。

「唔，不錯，」但等到對方露出那種自滿的笑意時，她挑剔道：「祇不過有點美中不足……」

「是不是太甜了？那簡單，多對一點冰開水！」

她搖搖頭。

「對冰開水沒有用，」她說，那副神氣就像是大酒店中的調雞尾酒師傅。「最好是再對上半瓶Martini，半瓶Gin!」

「維他命」一聽，吐出半截舌頭。

「咱們是克難吃法呀！小姐。」他委曲地喊道：「我數給你聽，這缸東西花了幾個錢，」他數著手指，「兩隻鳳梨，十塊錢；香蕉兩塊錢，木瓜四塊錢，西瓜五塊錢，白糖五塊錢，連冰，一塌括子，三十塊錢不到——半瓶Gin要多少錢呀！」

錢子蓉害怕他們會扯出毛病，故意把「維他命」拖到門外去。

「你何必跟她爭呢？」她息事寧人地說：「她喜歡嚷，你就讓她嚷嚷好了！」

「她是誰呀？」他低聲問。

「我的表姐，剛從香港來。」

「怪不得，」他翻翻眼睛。「張口就放洋屁！」

發覺「維他命」也對薇薇亞金表示不滿。錢子蓉算是放心了，便和他再走進大廳。一眼便看見金家碧拿一瓶方瓶洋酒，向大玻璃缸裏倒。

「我把它倒完啦，表姨媽！」薇薇亞喊道。

「倒完就倒完吧，」錢太太和顏悅色地說：「反正放在家裏也沒人喝！」

錢子蓉和老魏交視一瞥，那邊卻又嚷開了。

「來呀，你們來嘗嘗看！」

「維他命」走過去，接住金家碧遞給他的杯子，裝摸作樣地呷了一口，咂咂嘴，又皺皺眉頭。

「我嘗不出甚麼味道！」他把杯子遞給錢子蓉。「你嘗嘗看！」

聽說是嘗不出味兒，拿酒瓶的人以為是酒放少了，連忙將賸下來的三分之一瓶「琴」酒向缸裏倒。

「哎呀！」錢子蓉將那口攙有酒的冰水吐出來，叫道：「你是存心讓他們一個個醉倒呀！」

「別這樣大驚小怪呀！」金家碧說：「人家跳舞本來就要喝點酒的！」

「大概是洋規矩吧！」

「難道跳舞還是中國規矩不成！」

總之薇薇亞金處處表明了她的特殊身份。等到舞會開始了，客人開始來了，她便緊緊地釘著錢聖謚，寸步不離；進來一個人，她就握握手，說兩句十足英國味兒的洋文——這個時候她是不屑於說美國俚語的。害得那些小伙子窮打聽這位洋派小姐是誰？顯然大家都摸不清她的路道。

「臉很熟，可能是僑生呢？」有人說，

「僑生我很熟，沒看見過。」另一個說。

「她也許是師大的。」

「不，也許是剛從哪兒來的。」

最後，錢子蓉告訴了他們。他們都覺得她表錯了情。

「那有做客人是這副派頭的！」有人批評道。

「聲音小點，」旁邊的人說：「她是錢子蓉哥哥帶來的！」

「錢子蓉哥哥帶來的又怎麼樣？今晚他也祇能算是客人呀！」

「算了吧，」剛纔那個人緩和地低喊道：「咱們是借人家的地方跳舞，還是跳舞要緊——咱們跳咱們的，大家說好，誰也別去請她！」

「走！我們去通知他們，大家要一致！」

這一致不打緊，可害苦了錢聖謚，他扔又扔不開，逃又逃不掉。他已經看出那些人看金家碧不順眼，尤其是那些女生；她們看不慣她身上穿的衣服；而且，走起路，跳起舞，身子扭動得像條蛇。起初，祇要看見她在池中，她們便不肯跳，寧可坐在旁邊看——其實，她們心裡真的喜歡看，金家碧除了動作有點過火之外，她是跳得很好的，她們很想學學她的幾種可愛的步法；但，她們的臉上卻要裝出那種鄙夷的神情，睨望著她。

碰到這種時候，薇薇亞認為他們是有意請她表演的，當然不好意思拒絕，於是便拖著錢聖謐大跳特跳起來。

三兩支音樂後，女孩子們學乖了，她們覺得這條金色蛇對那些男孩子頗有吸引力——喊Encore的都是他們，於是改變策略，表面上卻做得像是配合男孩子們原來的那個主意：「咱們玩咱們的」！

這樣一來，大廳裏的氣氛纔漸漸活潑起來，漸漸熱烈起來……

可是，錢聖謐卻愈來愈感到孤獨。小李與他之間的那一點隔閡他還不願意消除，但他真希望他在這個時候來替他敷衍一下金家碧，而小李卻完全沒有注意到這一點——也許小李也在矜持著。他像頭小老鼠似的，在人羣中鑽來鑽去，纏著「小妹」，油嘴滑舌地用些俏皮話去逗那些女孩子笑。

九點過了，他心中所盼望的人還沒有來。他忽然有一個奇怪的想法：他希望她真的不能來。

就在這個時候，錢子蓉和梁若榆在廳門口出現了。

這時正好是一支音樂的終了，大吊燈又被扭亮了，因此大家的視線都自然地投在她們的身上。

「噢！」錢聖謐幾乎失聲喊叫起來，他怔住了。

「小妹說的就是她嗎？」他問自己，眼睛直直地望著梁若榆。

這邊，梁若榆也怔住了，因為她第一眼便發現了他。他站在一個最顯眼的地方，金家碧在他的身旁，她想返身往外走，但錢子蓉卻拖著她走前兩步。

「聖謐，」錢子蓉示意要他過來，然後低聲向她的朋友說：「我替你介紹我的哥哥。」

「他是你的哥哥？」

「怎麼，你認識嗎？」

她搖搖頭。錢聖謚走近來了——應該說是薇薇亞和他一起走近來了。錢子蓉心裏有點不大舒服。

「我來介紹，」她冷冷地說：「這位是我的表姐，金小姐；這位是梁小姐，我最要好的同學。」

「How do you do!」薇薇亞伸出她那高貴的右手。

梁若榆接住她的手，含糊地應了一句。

為了慎重起見，錢子蓉緊捏著梁若榆的左手，說。

「他是我的哥哥，錢聖謚；這位是梁若榆小姐。」

錢聖謚紅著臉，有點不由自主地要伸出手，但猛然又收了回來。

「歡，歡迎你來！」他吶吶地說。

錢子蓉發現她的朋友不怎麼自然，於是便離開他們，替他介紹另外的那些同學。

「這妞兒長得不壞！」薇薇亞看見錢聖謚那種入神的神情，於是試探地說。

「嗯，」他仍望著她，喃喃地回答：「我真喜歡她！」

她來不及生氣，恰巧一個猶豫了半天的男孩子正鼓起勇氣過來請她跳舞，她無可奈何地隨他下池了。

跳舞的人逐漸多了，錢聖謚還呆站在那兒。小李忽然從甚麼地方躲躲閃閃地鑽過來，拉拉他的臂。

他們走出露臺。

「究竟是怎麼一回事兒呀？」小李困惑地問。

「甚麼事？」

「她，誰請她來的？」

想起這件事，錢聖謚冒了火。

「你還好意思問，」他不快活地叫道：「要不是你把事情先弄糟，現在真是——她是小妹最要好的同學！」

「啊，早知道就好了！就差那麼一點，要是那天我們把子蓉的名字說出來，她可能真給唬住呢！」

「你別再提那件事情了吧！」

「我承認那件事情是失敗了，」小李轉口說：「可是現在事情又有了轉機。」

「轉機？」錢聖謚憂慮地說：「今晚她來，是因為她不知道，你以為她下一次還肯來呀！」

「……」

「你讓她瞧見了沒有？」

「沒有，」小李說：「我還不至於那麼笨吧！」

沉默了一陣，錢聖謚終於耐不住了，他揚起頭問：

「你看現在該怎麼辦呢？」

小李認為對方屈服的時機成熟了，於是假作思索。

「小妹知不知道？」他忽然認真地問。

「除非是她向她說了！」錢聖謚回答。

「她不會說的，」他有把握地說：「不過，這次你可不能心急，要長線放遠鳶！」

「廢話嘛！」他不耐煩起來。

「甚麼廢話？我告訴你，如果你想這件事情成功，就不要過去請她——千萬去不得！」

小李這一招是錢聖謐所想不透的。他想：機會既然來了，他得把握住，找個機會親自向她道歉或是甚麼的……發覺他聽不懂自己的話，小李解釋道：

「你一去就會把她嚇跑！」

「唔。」錢聖謐覺得他的話有幾分道理。

「你想，」他繼續說下去：「她把我們看成甚麼？狼？跟狼差不多；她現在就等於跌進這個狼窖了，她心裏害怕得要死——如果你再去碰碰她，那就完啦！」

「你別拐彎抹角的好不好？」

「我沒拐彎抹角呀！我祇是打個比方，讓你小心一點，別嚇了她。再抓著小妹，由她那邊入手，而且呀，女人跟女人，甚麼都好辦！」

錢聖謐並沒有將子蓉說好替他介紹梁若榆這件事說出來，他心裏驀然又充滿了希望。

「那麼你呢？」他問：「她總要看見你的呀！」

「為了你，我祇好放棄這場舞了！」小李擺出一面孔的江湖義氣。其實，他心裏早就在嘀咕了，他和那位房東約好十點鐘見面的，他正想找一個比較合適的藉口。

錢聖謐動了真感情，塞了，二十塊錢給他。

「你去看場電影吧，」他說：「我得進去了！」

他走進大廳，看見那些沒請到舞伴的男孩子正圍著金家碧輪流跳舞。現在正輪到「怪鴨」，他彎著膝，一副怪相，引得他們哈哈大笑。

錢子蓉仍然陪著梁若榆，坐在那張大沙發上喁喁而談。曾經有幾個男孩子過來請錢子蓉跳舞，她都很得體地婉謝了，再談了一些時候，梁若榆知趣地說：

「你去跳你的舞吧，用不著陪我的。」

「你……」

「我可以聽聽音樂，去吧！」

一個男孩子看準了機會，便過來請她。她笑著站起來。

「妳坐坐，」她說：「我就回來的。」

錢子蓉走了之後，她靜靜地坐著，順手剝了一粒糖。忽然她發現錢聖謚站在高腳花架後面，正在諦視著自己。但當他接觸到她的目光，他連忙有點慌亂地逃開了。他那種靦覥的神態使她覺得很可笑，嚴格點說，她在以前曾經見過他的（現在她纔找到他有點面熟的原因），她曾經和另外兩位同學到這兒來玩過，她們還在錢子蓉的面前笑話過他；說他的臉皮比女孩子都嫩，他連望都不敢望她們一眼。那已經是兩三年以前的事了。

「他大概把那件事兒忘了！」她微笑起來。她想起那天他的窘態，尤其是當她返過身來罵他們卑鄙的時候。

她覺得臉孔有點發燙。

「這就是所謂不打不相識吧！」她看見他又望過來了。「他很沉靜，很文雅，怎麼會——」她這個時候纔發覺，自己始終沒看見過那個油腔滑調的小個子。

她忽然認真起來，她認為錢子蓉的哥哥和那個「小滑頭」在一起是不適宜的，他會被他帶壞；她甚至覺得，她應該將那件事情告訴錢子蓉……

那個剛纔替她開門的姓古的男孩子百無聊賴的靠在牆上，她向他微笑，他的瞼一紅，走開了。

她忽然落入一種玄妙的思想裏，她矜持地坐著，注視著前面那些在縱情歡笑的年輕人：他們在跳著那種近乎瘋狂的牛仔舞；他們在談笑，飲著那種令人興奮的飲料，少女們被男孩子們一圈圈地包圍著……

她靜靜地望著，如果說是在回憶，毋寧說是在幻想；愛情和歡樂，一切美好的時光。她不應該像那些女孩子一樣，被那些男孩子包圍著？她不應該聽到那種可愛的阿諛和讚美的聲調？她不應該去追求，去發現，那另一個新的美麗而充實的生活嗎？

忽然，她的目光停留在客廳的入口上，她看見一個到得最遲的客人。

十三

她不明白自己為甚麼會這樣注意他——這個到得最遲的客人。大概是她太無聊，坐的地方又離他不太遠的緣故。總之，她注意著他。

他向這邊望了望，嘴上含有一種自嘲的笑意。

忽然，她發覺他那有點過份講究的高貴的衣飾，以及那種傲慢矯飾的意態，使她深感痛惡；當然，這也包括他那健康而帶有粗獷的容貌在內。

他，這位到得最遲的客人，仍然站在大廳的入口，似乎並不打算走進來。他有一頭整齊而濃厚的黑髮，像是每一根髮絲都曾經被他刻意的梳理過；他的眼色，和那被日光曬成淺棕色的臉上的笑容，卻含有一種批評的意味，但，他又十分有教養的將這種批評保留著，不願表露出來。

現在，音樂靜止了，大廳頂上的大吊燈亮了，在人們回到四週的座位上去時，他纔將那始終放在背後的雙手放到前面來。

然後，有人叫起來：

「你們看！是誰來了！」

大廳裏引起了小小的騷動。他們向他圍上去，其中幾個男孩子用拳頭打著他的肩臂。

「我們還當你黃牛了呢！」

他掩護著自己，說：

「笑話，我說過我要盡量趕來的——子蓉呢？哦，」他向她伸出手，神秘地說：「還記得我們的約定嗎？」

錢子蓉笑了，她拉著他的手。錢聖謐本來就認識他的，她衹向他介紹了金家碧，便帶他到梁若榆這邊來。

「若榆，」她快樂地說：「我來替你介紹一位非常難得的朋友：易大德，梁若榆。」

梁若榆冷漠地點點頭。

「我就坐在這邊吧，」易大德說：「這裏比較，呃，好像是比較安全一點。」

說著，他便大模大樣地在那隻單人沙發上坐下來。

「你去跳你的，」他對錢子蓉說：「我還是我的老規矩！」

「你不是要告訴我甚麼『自卑感』的嗎？」

「現在不是談話的時候呀，去吧！」

錢子蓉替他和梁若榆端了兩杯冰水來，然後纔走開。她一離開，梁若榆便緊張起來。他覺得這位「花花公子」急著打發開錢子蓉，是有陰謀的，她甚至敢肯定地說，他馬上便會坐到這邊的大沙發上來，找她搭訕。為了要防範這件事，她故意坐到大沙發的中央，同時半側著身體，望到別的地方去。

可是，出乎她的意外，竟然毫無動靜。後來，她纔發現，他並沒有注意她，甚至可以說：他始終沒有好好地、仔仔細細地望過她一眼。

而他也沒有注意其他的人，他像是要在這大廳中尋找一種值得挑剔的東西。但，這種說法也不夠確切，因為挑剔這兩個字不足以形容他的意向，甚至有比挑剔更壞的甚麼，她一時說不出來。

大概過了幾支音樂，他第二次看了一下手上的金錶，於是站起來，慎重其事地扣好上衣的衣鈕，然後，遲疑了一陣，驀然扭轉身，向她走過來。

「梁小姐，」他欠著身，摯切地說：「我可以請你跳這隻舞嗎？」

她怔住了，半晌，纔算是明白過來。

「你請我？」她昏惑地問。

「嗯，我請你。」他微笑著。

她告訴過自己，她不跳舞的。可是現在她卻不由自主地站了起來。

「謝謝你。」她聽見他這樣說。

但，第一步他便跳錯了，他踏痛了她的腳。

「對，對不起，」易大德連忙用一種歉疚的聲音說：「我是不會跳舞的！」

「那麼你為甚麼還要跳呢？」

他並不因她的話和那淺淺的訕笑而惱怒，相反的，他露出潔白的牙齒。認真地笑著回答：

「就算是為了禮貌吧！」

「……」

「我覺得，」他繼續說：「那些會跳舞的男孩子完全忽略了這一點。」

梁若榆扭開頭，勉強和易大德「跳」完這支音樂。

回到座位上之後，她忽然認為他是在故意捉弄她的；因為像他這樣一個「公子哥兒」不會跳舞，誰能相信呢？

但，不管她怎麼想，他不再跳舞卻是事實。他回復了原先的那種意態，不斷地望他的錶，像是還有一件甚麼重要的事等他去解決似的，顯得有點焦灼。

那些「老隊員」向他們這邊跳過來，有的向他裝裝鬼臉；有的道貌岸然地跳著，目不斜視（頂多向他行個注目禮罷了），和他的舞伴保持著一個最大的距離；有的跳過來了，便將那位相當漂亮的小姐扔在一邊，自管自地和他聊起來。碰到這種時候，易大德便老實不客氣地將這位不懂「禮貌」的傢伙推開。

「現在是跳舞的時候呀，」他嚷道：「要談天，就不要小姐陪你過來！」

梁若榆從這些地方，漸漸發現這個「花花公子」是很受他們歡迎的，從錢子蓉對他的那種親切的接待中，更證明了他非但是他們的好朋友，而且是一個被主人尊敬的客人。

錢子蓉又過來了，她坐在他們之間。

「你們怎麼不跳呀？」她笑著問：「我剛纔不是看見你們在跳的嗎？」

梁若榆沒有表示甚麼。

「我的舞還是不跳為妙，」易大德自嘲地說：「剛纔那個舞，到現在我還覺得對不起梁小姐！」

「為甚麼？」錢子蓉不解地回頭去望梁若榆。

她被她望得不好意思起來。易大德發現了，於是伸手去拍拍錢子蓉的肩膀。

「我告訴你吧，我踩了梁小姐好幾下。不過，」他率直地說：「我也不是故意的——你以前看見過我跳舞嗎？」

真的，她從來沒有見過他跳舞。

「那麼你以後可以跳啦！」她說。

「我承認，我沒有勇氣了，」他望了梁若榆一眼，看見她低著頭。「除非我學會了，覺得有把握了……」

「那麼你一輩子也跳不好。」

「就是這句話，」他說：「我祇不過在安慰安慰自己罷了！一個人，總得給自己一點希望吧！」

連梁若榆都被他的話引得笑起來。錢子蓉忽然發覺錢聖謐躲在那一邊，於是藉故站起來，拿著桌上的兩個空杯子向長餐桌那邊走過去。

「你搞個甚麼名堂嘛！」她一邊攪動著大玻璃缸裏的冰水，一邊抱怨地說。

「我……」錢聖謐用手指在桌上劃著圈圈。

「人家來了這麼久，」她低聲問：「你怎麼連一個舞都不去請人家跳？」她回頭看看正和幾個男孩子在那邊瘋的金家碧，然後說：「現在正好是機會呀！」

他要解釋，可是總說不出話。

「難道你還要我替你把小姐請到面前來？」她不快活地問。

「哎，小妹，」他苦惱地說：「你根本不了解我！」

「我太了解你了！」

「那麼你應該同情我的苦衷呀？」

「你有甚麼屁的苦衷？」錢子蓉不以為然地說：「起先家碧纏住你，你走不開，現在呢，現在她沒有纏你呀？」

「你……」他無可奈何地喊道：「你是不是要我過去把她嚇跑？」

「我要你去請她跳，誰要你去嚇她？」

「哎，你不知道！衹要我一過去，她準嚇跑！」

「……」

錢聖謚猶豫了一下，終於鼓起勇氣說：「我告訴你吧，她就是我那天跟你說的……」

「哦，你們釘的就是她？」

他輕喟了一下，點了點頭。

錢子蓉顯然是被這個問題困擾住了，她思索著，沒有說話。忽然，她揚起頭，自語道：

「我衹能裝著不曉得這件事！」

「我是沒有主意，」他說：「衹有靠你了！」

「你們誰不好釘，怎麼偏偏釘上她呢？」

「要是早點知道你認識她，那天我也不要丟這個臉了！」

她向那邊望望。

「好吧，」她說：「今兒晚上你不請她跳也好，我去探聽一下，再見機行事——咦，小李呢？」

「我把他打發走了！」

她端著兩杯水回到易大德這邊來，他接過杯子，一飲而盡，然後再望一望錶，隨即站起來告辭。

「十一點還不到，你就要走了？」錢子蓉說。

「聲音小點，」他說：「別讓他們曉得。」

「你一定是玩得不痛快！」

「我從來沒有這樣痛快過！好，你最好不要送，我從後面溜出去。」

他笑了。於是他轉過去向梁若榆打個招呼，再度請她原諒他的失禮，然後走掉了。

錢子蓉望著他的背影，喃喃地說：

「他真是一個非常難得的……」

「我敢發誓，」梁若榆急急地打斷她的話：「他一定很虛偽！」

「虛偽？」她詭譎地微笑起來，有意味地解釋道：「在這種場合，他也許有點虛偽，不過，他不是這樣的，人家不大容易了解他。」

梁若榆注視著她，忽然低聲問：

「他是不是你的男朋友？」

聽懂了她的話，錢子蓉掩著嘴笑起來。

「你這個人太敏感了！」她說。

「……」

「我用不著瞞你，」她誠實地說：「我有一個男朋友，他現在在受預備軍官訓練，他們兩個人是最要好的——有時連我都妒嫉！」

「哦。」

「那麼你呢？」她狡猾地問：「你也得向我坦白呀！」

「我沒有，」梁若榆急急地分辨：「真的沒有！」

「我不信！」

梁若榆微微地震顫了一下，但，當她從錢子蓉的神色中找不到那種可疑的成份時，她纔放下心。她告訴自己：她的哥哥不會把那件事情告訴她的，那並不是一件值得向別人炫耀的事情呀！而且，從種種跡象，她發覺在這個舞會之前，他們兄妹之間毫無計劃，甚至連他——錢聖謐都不知道自己會來參加的，她還記得他們見面時他的驚訝。

所以當錢子蓉的嘴角泛出一絲詭譎的笑意時，她摯切地說：

「你真的不相信我嗎？」

「我怎麼會呢！」錢子蓉激動地捉住她的手，半真半假地問：「我替你介紹一個，怎麼樣？」

梁若榆羞怯地推開她。

「你學得越來越壞了！」她笑著斥責。

「你說這是壞事？」

「不是壞事，可是總不是一件怎麼了不起的好事吧！」

錢子蓉不以為然地嚷起來。

「你還是以前在學校時的那一套變態思想！」

「變態思想？」

「至少是不怎麼正常的思想！」她繼續解釋：「這就是讀女子學校的壞處，因為成天跟女人在一起，便自然而然覺得男人可怕，像是提到男人就丟臉似的！」

「這可不能一概而論啊！」

「大多數！而那些比較正常的，也得打個折扣！」她阻止她的說話：「以我為例，你能夠說我以前不正常嗎？」

「……」

「可是我一離開一女中，就覺得不對——外面那些女孩子，我總是看不順眼，甚麼都不像我們一女中，我總是拿一女中去做標準。結果，你說怎麼樣？」

梁若榆沒有回答，她微笑著，等待她說下去。

「結果呀，他們都說我假正經，心理變態！起先我真氣，等到自己多接觸接觸，纔漸漸發覺自己真的有點不大正常——也許你不信，我的那個男朋友，就是這樣鬧彆扭鬧出感情來的！開始的時候我最恨他，我覺得他瞧不起我，後來纔發覺完全是自己多心，自找苦惱！」

梁若榆忽然覺得錢子蓉的話裏有點特殊的意味，她懷疑對方正要說服自己，於是坦然地問：

「你是不是勸我也像你一樣……」

「我說你敏感你真敏感——正常的社交又不是壞事！」

「我沒說是壞事呀？」

「好，」她捉住她這句話：「那麼我以後找你出來玩你可別推三推四啦！」

她不置可否地笑笑，忽然說：

「我該走了！」

「是不是一定要走？」

「時間很晚啦！」

「我們還沒有談上幾句話呢。」

「不要一天就談完了，」她站起來。「你不知道，現在我真喜歡聽你說話！滔滔不絕的，死人都可以讓你說活！」

「我就準備把你說活。」

「我沒死呀？」

「你的心死了一半，」錢子蓉神秘地說：「沒有愛情的心就等於死了一半！」

「唷，你打那兒學來這些詞兒？」

「反正不是我發明的——你說沒有道理？」

「太有道理了，我得用筆把它記下來呢。」

「用不著記，我送你兩本。」

「兩本？」

「名人語錄，上下兩冊，他送給我的！」

她們又會心地笑起來了。

走出大廳時，她們在露臺上正好碰見錢聖議——其實，是錢聖謐故意出去等的；他看見她們站起來，便知道梁若榆要走。現在，他拘謹地讓到一邊，淡淡地向客人點了點頭。

梁若榆也淡淡地向他回禮。

「你也來送送梁小姐嘛！」錢子蓉說。

她正要婉謝，他已經跟上來。

「你真不懂禮貌，」妹妹用一種祇有她哥哥纔聽出其中含意的口吻說：「連一隻舞都沒請梁小姐跳！」

「呃，」他困難地回答：「我，我看見你們談得很好，所……所以不敢打——打擾。」

「這不算理由，下次你再這樣我們就要罰你請客，」錢子蓉正色地說：「請我們兩個人去看電影——哦，對了，」她拉著梁若榆的手：「明天我們看一場電影怎麼樣？」

梁若榆瞟了錢聖謚一眼，在門燈的映照下，她發覺他的神情有點異樣。

「就是我們兩個人！」錢子蓉補充道。

她猶豫了一下，低聲回答：

「我恐怕抽不出空呢！」

「祇要你願意，」錢子蓉委婉地說：「我想你會抽得出空來的。」

梁若榆愧疚地捉住她的手。

「你知道我不會不願意的。」

「那麼我來找你，幾點鐘？」

「你不要上課嗎？」

「這是我的事！你說，幾點鐘？」

「上午十一點怎麼樣？」

「隨便你，你說幾點就幾點。是不是要我到你家裏來找你？」

「你直接到南京西路二十八巷八號周月娥舞蹈研究所來好了，我在那兒等你。」

「你在那裏幹甚麼？」

「練鋼琴，我每天都在那兒練鋼琴。」

「好的！二十八巷八號，」錢子蓉再唸一遍，然後熱切地搶到前面去：「我替你叫輛三輪車！」

梁若榆要阻止她，但她已經跑到門外去了；梁若榆本來要追上去的，但又覺得連招呼都沒打一下便丟下錢聖謐，實在有點說不過去，於是她回過身去低聲說：

「再見了！」

當她正要扭轉身，錢聖謐忽然叫住了她。

「梁小姐！」他用一種急切的聲音喊道。

她緩緩地回過頭去望著他，他一時不知道該說甚麼纔好，因為他事前毫無準備。

「有甚麼事情嗎？」她溫婉地問。

「呃，」他困難地說：「那天的事情，我……我向你道歉……」

「哦，我已經把它忘了！」

「可是我永遠忘不了。」

她想說甚麼話，但又抑住了。錢子蓉就在這個時候從街口叫來了一輛三輪車，梁若榆祇微微地向他點了點頭，便回身走出園門。

錢聖謐呆呆地站在原來的地方。在這一瞬間，他的心中升起了一種甜蜜的想望；他被這種突發的，使他陷入類乎酩酊狀態中的情緒所淹沒了。他入神地注視著梁若榆剛纔站過的地方，他可以看見她的微笑，在黑暗中閃爍的眼眸……

他幾乎肯定的認為，她已經接受他的道歉了。

「她真好！」當錢子蓉送走梁若榆，再回到園子裏來時，他欣幸地說。

「人家本來就很好的呀！」

「我剛纔已經向她道歉了。」他虔誠地說。

「她怎麼表示呢？」

「她說她已經把那件事情忘了。」

她注視著自己的哥哥，他這種神態是她很少見到過的。這就是愛情嗎？她問自己，其實她心中早就替她作了解答：任何一個在戀愛中的人，都是這樣的，祇是他已經忘掉自己，沒有機會發現自己而已。

「那麼你可以放心啦！」她笑著說。

「那還得看你的，」他說：「要是你不肯幫忙，還不是假的！」

「少來這一套！我們進去吧。」

他們回到大廳，錢聖謐忽然覺得一切都是那麼美好，甚至連金家碧的妖形怪狀他都不再感到厭惡了。

「她已經原諒我了！」他在心裏不斷地重複著這句話。

十四

金祖灝先生在日月潭祇玩了一天，便匆匆忙忙地帶了一根蛇皮手杖回到臺北來了。這件事對小李來說，應該是一個喜訊。因為那幢小洋房的房主正等候他的答覆，而且從口氣上聽來，好像另外還有人在打這個主意，但金先生卻在緊要關頭到日月潭去了，他這一走，小李驟然緊張起來。他害怕會錯過了時機，房子被別人捷足先得，那麼一切都完了。這兩天，他幾乎是怕回家，他怕母親的嘮叨，他受不了那種窺探的眼色，使他心悸，他知道她在想些甚麼。

所以當他從金家碧那裏知道金先生回來之後，他便不惜犧牲——向她保證：錢聖謐的事他無條件幫忙，而讓她催促她的父親抽空去看房子去。

本來，金祖灝先生是夠忙的，他的未能在日月潭盡興多玩兩天就表明了他這種忙的重要性。後來總算是金太太從旁敦促，金先生纔勉為其難，四個人一起坐車子去。

按照原來的計劃，小李打算先帶金先生去看那些價錢貴而並不好的房子，然後再看那幢小型洋房的，但，他覺得金先生今天的神色有點欠妥，像是很不耐煩似的，為了害怕出岔，他祇好直接吩咐司機開到那兒去。一路上，他暗自在祈禱，希望這件事情能夠成功——這件事情是必須要成功的，假如失敗了……

他不敢想下去。

結果，事情比他想像的更為樂觀，顯然那幢小洋房頗合他們的意，尤其是金太太，她上上下下的跑了好幾趟，分配著房間，說這間要作甚麼用，那間讓誰來往，金先生靜靜地站在一邊，微笑著，當金家碧跑到那間算是已經由她霸佔下來的房間裏去時，金先生笑著向小李說：

「這幢房子大小倒正好。」

「氣派也不錯呀，」小李邀功地解釋道：「您到外邊來看看它的式樣？」

「進來的時候我就注意到了。」

小李知道金先生這句話就是表示他滿意了，於是接著說：

「我敢說我已經把整個臺北都走完了！」

「哦。」金先生輕輕地應著。

「您對臺北不熟識，論住宅，要算中山北路的最高級，鬧中取靜，有錢的人差不多都集中在這一區！」

金太太走進客廳，她從廚房的後門轉到園子裏去，手上拿著一支小竹枝。

「祖灝，」她快活地說：「你看過外面的園子沒有，相當大呀！」

「按規矩，花園是要比房子貴的。」小李望著金先生，裝得很內行地說：「像這種花園，一坪地要比兩建坪貴！」

「坪是甚麼呀？」金太太問。

「兩個榻榻米大小就是一坪，臺灣都是這樣計算的。老周，」小李回過頭去問那個始終站在一邊的看房子的老頭子：「這個花園有一百坪吧？」

「不止呀，李少爺，」老頭子謹慎地回答：「有一百二十坪呢！」

小李對於老周對他這個稱謂滿意透了，他忽然覺得有點不自然起來，幸好金太太已經伸手去拖金先生。

「你出去看看嘛！」她要求道，但她看見金先生的反應並不怎麼熱烈，於是嬌嗔地放下他的手。「你像是對這幢房子沒有甚麼興趣似的！」

「你知道我在想些甚麼？」金先生緩和地笑著問。

「鬼曉得你想甚麼！」

「我告訴你，」他認真地回過頭。「我在研究這個客廳應該漆甚麼顏色。」

金先生這句話使小李頗時驚惶失措起來，他祇感到熱，感到有點暈眩，似乎幸福來得太快了。

他聽到金太太的笑聲，然後是她的聲音：

「你也未免太急了，價錢那沒有談呢？」

「啊，」金祖灝先生彷彿這個時候纔想起來，他顫動著他那笨重的身體，大聲笑起來：「我還以為已經買下來了呢，真的，它要多少錢？」

小李湊近金先生：

「便宜透了，」他說：「纔四十萬，有好多比它蹩腳的都要四五十萬，這也是碰巧，房主是我舅舅的朋友，他要出國，就託我舅舅出手，因為是金先生要，所以連佣金都沒算！」

「做生意，該算的還是要算的——你說多少錢？」

「四十萬！」小李的聲音低了一點，他看見老周在瞪著他。

「四十萬。」

「太貴了嗎？」他注視著金先生那滾圓而油膩的臉。

金先生在思索甚麼，沒有回答。忽然向金太太說：

「合起來差不多是六萬五港幣，這樣的話，我們就等於賣掉香港的那幢，買下這一幢了！」

金太太的表情有點不自然，小李心裏想：大概她捨不得賣掉香港那一幢房子吧！不過，金太太瞟了他一眼，很快地便回復過來了。

「你自己做個決定吧！」她向金先生說。

「我得考慮一下。」

「我知道你要考慮一下！」金太太用不快活的聲音嚷道。

「你別急呀！衹要你喜歡，買下就是啦！」他回過來向小李說：「老弟，明天給回音不遲吧？」

「不遲不遲！」小李慌忙應道：「反正都是自己人，我就要我舅舅替金伯伯留下來就是啦——哦，老周，那位林先生來看房子的時候，你就說已經賣掉好了！」

「這……」金先生正要說，小李便將他的話截住了。

「您放心，」他說：「價錢方面，我會讓我舅舅盡量替您壓低的！」

金祖灝先生無話可說了，出了園子，纔發覺金家碧失了蹤。原來她還在她的房間裏，計劃著如何佈置，牀和傢俱放在甚麼地方，窗帘用甚麼顏色……好不容易纔把她叫下來。走出園門時，小李向老周遞了個眼色，便大模大樣地上車坐到司機的旁邊，為了表演得更真切一點，他探頭出去再關照了老周一聲纔問後座的金先生。

「金伯伯現在要回圓山嗎？」

「不，我們到錢家去坐坐吧，」金先生回答：「我們回來還沒去看錢太太呢。」

那地方離錢家不遠，一會兒功夫便到了。

金家碧第一個跳下車，連跑帶跳地衝到樓上錢聖謚的房裏去，硬要拖他去看他們的「新房子」，同時要他替她拿個主意，房間應該用黃色還是用藍色，因為這兩種顏色都是她所喜歡的。

樓下，錢太太對金胖子夫婦當然是竭誠歡迎。她問他們在日月潭玩得如何？為甚麼不多玩兩天纔回來？這些話不問猶可，一問，卻勾起了金太太的冤氣。

「別提了，」她說：「這次就等於趕了兩天車子！」

「好太太，現在還不是玩的時候呀！」金先生低聲下氣地解釋道：「事業要緊，大妹你想，要開創一個事業可不是簡單的啊，一切都得從頭做起，要接洽，找關係！你是知道的，我也是愛玩的，可是盧老一連打了兩封電報催我回來，你說我能不回來嗎？」

「對！你總是有理！」金太太白了他一眼。

「這你也不能怪他，」錢太太勸慰地說：「等他把事情佈置好了，我陪你們環島旅行一趟！」

「你聽到了沒有？」金祖灝先生笑著說。

「別臭美！」金太太叫道：「我領的是大姐的情！」

錢太太連忙分辯：

「這怎麼敢當呀，照理我應該喊你大嫂呢！」

金胖子撫著肚子笑起來。他自動從中調停，說不管是大姐也好，大妹也好，總之是一家人；既然是一家人就不該講客套。說到後來，又歸結到那天曾經擾了錢家一頓，所以他也要表示點意思。

「今晚上我請客！」他說。但，他隨即又摸摸自己的額頭，喊道：「真該死，今兒晚上是盧老的約我都幾乎忘了！太太你記得是今天晚上嗎？」

「你自己排的時間，我記不住！」

「你先忙你的事吧，」錢太太很得體地說：「吃你的機會以後多的是！」

「那真抱歉，」他顯出一副無可奈何的神情。「要是別人，我就推掉了，盧老安排這個宴會，請的陪客都是以後跟我們業務上有關係的人，順便介紹他們給我認識認識。」

「那你當然要去呀！」錢太太忽然低聲問：「你說的盧老究竟是誰呀？」

金祖灝先生得意地笑了，他故作神秘地湊過去，在錢太太的耳邊咬了一陣，然後回復到原來的姿勢。

「天時，地利，人和。」他說：「事業是要這樣纔創得出來的呀！」

錢太太內心的快樂是可以想見的，因為她關心金祖灝先生在臺灣的新事業也比金胖子本人還要深切，她覺得這正是他們錢家要轉運的一個徵象，金胖子就是那個要來扶持她——他們錢家的貴人；在這個美麗的想望中，她窺見幸福已經向這個家庭接近了。

她望著這位大貴人，久久說不出話。

金胖子是了解她的心意的，所以他祇是頓了頓，便用一種摯切的聲音向她保證：

「大妹，我這件事成功了，還不是等於你成功嗎！」

她感激地笑了。

「這還得仗你提攜啊！」

「甚麼話，甚麼話，」他這時纔想起房子的事，於是興奮地說：「哦，剛纔這位李老弟帶我們去看了一幢房子！」

小李在他們這一段談話時被忽略了，所以現在的神情有點尷尬，不過，他並沒有介意這些事，因為除了那幢小洋房，他無心去想任何一件事。「還合適嗎？」錢太太關切地問。

「我認為非常好。」金太太隨口說。

「就是客廳嫌小了一點——不過，大致上還好，」金胖子平淡地說：「說貴也不算貴，開價是四十萬。」

「價錢還可以商量的！」小李在一邊插嘴。

金先生簡略將這幢小洋房和他在香港的那幢作了個比較，然後表示要將香港那幢賣掉。

「既然決心在臺灣打基礎，」他說：「也用不著擺一幢空房子在香港了！」

錢太太同意他的看法，於是問：

「那麼你決定買啦？」

「呃……」金先生猶豫了一下，說：「我在考慮——呃，我到裏面跟你談談。」

他們進小客廳去之後，薇薇亞拖著滿臉不耐煩的錢聖謐下樓來，要陪他到「新房子」去看看。錢聖謐要拖小李一道去，但小李急於要得到金先生的決定，所以假借名義，說是不能走；錢伯母要他去辦事。

他們走了，金太太有意味地笑著對小李說：

「你真識相呀！」

「我？」小李假裝聽不懂她的話：「我能走嗎？我一走就賸下你一個人了！」

「哦，」金太太從沙發上站起來。「原來你不走還是為了陪我？」

「這是禮貌。」

「真是禮多人不怪呀！」她走了兩步，驟然回轉身，歪著頭問：「你看他們怎麼樣？」

「誰?」

「還有誰?」

「哦,您是說金小姐跟聖謚?」看見金太太點點頭,他接下去:「這個我不大清楚。」

金太太斜睨著他,嘴角露出那種調侃的輕笑。

「你真的不清楚?」她揚起頭。「你們男孩子的事,我最清楚,兩個人祇要碰到一起,就要談女人——難道聖謚在你面前一點都不提?」

小李狡黠地避開話鋒,反問道:

「那麼您在薇薇亞面前至少也可以聽到一點呀?」

「我,我跟她沒有甚麼好談的!」她率直地說:「就等於一隻貓一隻老鼠。」

「誰是貓?誰是老鼠?」

「有時我是貓,她是老鼠,有時她是貓,我是老鼠!」

「哦,你們相處得不好。」

「也可以這樣說吧!」她開始點上一支煙,忽然認真地擡起頭問:「你看不出我跟她之間……」

小李沒有回答,因為答這種問題是很困難的,他害怕會無意間傷了金太太的心。金太太似乎也看出了這一點,所以站起來,望了望錶。

「在談些甚麼呀,還不出來!」她懶散地說。

「您要我去催催他們嗎?」

「算了,」她連忙阻止他:「讓他們談個夠吧,反正今兒也沒事兒!」

「金伯伯不是說晚上那位甚麼老要請客的嗎？」

「哦——是的，不過時間還早得很吶！」

說著，金太太向鋼琴那邊走過去，她打開琴蓋，用手指輕輕地在琴鍵上敲了兩下，然後又隨手將琴蓋放下來。當她再轉過身來時，小李有意無意地說：

「像金伯伯這樣一個忙人，似乎應該找個秘書甚麼的幫幫忙呀！」

「女秘書？」金太太尖聲笑起來：「你還替他愁這個呀！他就喜歡這一套！」

小李以為她在吃醋，所以連忙說：

「我是說男秘書，可以替他跑跑腿的！」

「呃——這種人倒是需要的，」她忽然盯住他。「你倒是一個人才！」

「合格嗎？」

金太太並沒有馬上回答這個問題，她像是驀然被一個思想所困擾似的，沉默了一陣，輕喟了一下。

「先看他的公司籌備得怎樣吧，」她說：「到了時候，我會替你向他說的，祇不過……」

她的話還沒說完，金祖灝先生和錢太太走出來了。他們一邊談著話，而且這個話題是雙方都感到興趣的。出了客廳，金先生又回轉身。

「大妹，」他用摯切的聲音說：「這樣不大方便，我看，唔……還是由盧老那邊先墊一墊好了，反正……」

「還有甚麼不方便呀！」錢太太急急的截住他的話：「一點兒都不費事，除非——除非你不願意讓我，呃，參加進去！」

「甚麼話！甚麼話！你怎麼能這樣說呢！」

錢太太得意地笑了，顯然這個小爭執已經結束了，她是屬於勝利的那一方。她說服了他：

「就這樣！」惟恐對方變卦，她說：「你們有事，先去忙你們的，我提出來就替你送到圓山！」

「用不著這樣急的！」金先生感激地說。

「這種事還怕急嗎？」

金先生無話可說了，臨走之前，他堅持著要將盧老借給他用的那輛新型小橋車留下來給錢太太用。

「那麼你們怎麼辦？」錢太太問。

「我們可以坐三輪車到處逛逛，」他回答：「我還沒坐過三輪車呢！」

「那不好，我還是去叫部出差車子！」

「大妹，你聽我說，你去提……」金先生做了個手勢，說：「還是坐自己的車子比較好！」

最後，總算是這樣決定了。送走了金家夫婦，錢太太匆匆忙忙地走進來，關照了小李一聲；叫他不要走開，便又匆匆忙忙地上了樓。

十分鐘之後，錢太太換了件玄色旗袍，跑下樓來，她手上緊緊地拿著一隻平常難得看見的，大而舊式的黑皮手袋。同時將一隻捲起來的帆布袋交給小李。

走出園門時，她纔想起家裏沒有人。他起初打算留下小李看家，但想了想，又要小李陪她一起辦事去。祇是上車之後還特地關照阿美和老袁，好好地看守房子。

「少爺和小姐回來了，叫他們別出去，」她隔著車窗說：「就說我說的——哦，有人來，看清楚了再開門！」

等到下女和廚子表示完全明白了，她纔吩咐司機開車。車子出了馬路口，司機回過頭問：

「太太，到那裏去？」

「臺灣銀行！」這四個字說了出口，她有一種奇異的感覺，像是她已經把一件非常重要的秘密向一個最不可靠的人說了出來似的，她微微有點驚慌——其實，這種驚慌在她的心中是始終存在著的，自從錢先生去世之後，她就有這種感覺；她怕去想自己的錢，她不敢去細細的計算，因為她怕它們會突然失去！失去了它們，她便失去了一切憑藉，無可依賴……

所以，她連頭都不敢回過來望身邊的小李，雖然她意識到他正在注視著自己。

直至汽車在臺灣銀行的門前停下來，她還沒有說過一句話。她下了車，發覺小李仍然坐在裏面，於是說：

「你跟我來吧！」

小李隨著她走進銀行，她讓他在休息的大皮椅上坐下，然後獨自到裏面去開啟她的小保險箱，拿出支票簿和圖章，謹謹慎慎地開了一張票額是新臺幣五十萬元的支票。

由於這並不是一個小數目，他們被接待到裏面去。行方曾建議給錢太太出一張本票，但她拒絕了，她說不出不要本票的理由；她祇覺得，鈔票總比一張紙實在些。後來，點清了數目，她親自把一捆一捆的鈔票放進那隻大帆布袋裏，然後由行警護送出去。

回去的路上，錢太太的神情更為嚴肅，她定定地瞪著橫放在座位前的帆布袋，她為自己這個「大膽的」決定所惶惑——是的，這是由她自己所決定的，她想：假如丈夫還在世的話，便應該由他去決定這件事；而現在這個責任卻落在她的肩上了，她感到有些畏怯。而小李卻被這件事嚇呆了；五十萬塊錢——相等於兩個半愛國獎券第一特獎！他幾乎連在夢裏都沒有想過這麼大的數目。錢家有錢，他是知道的，但並沒有想到拿出這許多錢是這樣輕而易舉！他想起母親時常為了一兩塊錢，都要向鄰居挪借的……

他忽然想犯罪。但這個念頭很快地便被打消了。他已經明白這些錢的用途：是給金先生買房子的——雖然他還不十分明白他們之間的關係，但，聽口氣，他知道錢太太有意向金先生的事業投資……

「不管怎麼樣，」他想：「房子的事情是成功了！」

他認真地計算了一下：就算它三十八萬吧！佣金不算，他可以穩賺兩萬塊錢！

「啊：兩萬塊錢！」小李不自覺地低喊起來。

「你說甚麼？」錢太太惶惑地問。

「哦，」他吶吶地回答：「我……我說伯母提……提了這麼多錢！」

「這是給金先生的。」

「我知道！」

她驀然緊張起來，她後悔要小李陪她來辦這件事了。

「可是，」她低聲說：「你可不能將這件事告訴聖謐他們知道呀！」

「伯母，您放心，我不會說的！」

「像這種金錢上的事，最好是不讓他們知道，」她解釋道：「這是沒有好處的——但是你跟他們不同，你已經很懂事了，我甚麼都相信得過你！」接著，她輕喟了一下：「其實，這還不是完全為了他們嗎？要不然……」

「伯母這番苦心我是知道的。」小李試探道：「金伯伯事情順利了，聖謐也算有個出路啦？」

小李這句話說到錢太太的心坎裏去，她始終認為小李是最了解她的，所以目前他這句話，無形中替她分負了她這個「大膽的決定」的責任，多獲得一些成功的保證。

「這就是我的意思呀，」她誠摯地說：「說得遠一點，我一直把你當作自己兒子看待的，我知道聖謐也很喜歡你，將來到了社會上，你們在一起總可以互相照應照應，不是嗎？」

「我知道。」他點點頭。

接著，錢太太開始向小李表示：當金胖子的公司籌備成功之後，她準備介紹他到裏面去，這樣她便可以間接地了解一點公司的情況，同時，她也打算讓聖謐在公司裏找一個並不吃力的事情做做，學習學習。總之，她是有計劃的，但要小李在聖謐面前不要洩露。

「伯母放心，」小李再三地保證：「我不會說的。」

她算是安下心了，而且經過這段談話，她覺得自己處理這件事情非常恰當，一點也沒做錯。所以當司機問他們是不是要回家時，她愉快地說：

「去圓山！」

十五

在圓山飯店那間華貴的套房裏，金祖灝先生和他那位並沒有經過正式結婚手續的太太在靜靜地啜飲著現榨的鮮橘水，裝有空氣調節器的房間內舒適得像個春天。

離開錢家，他們並沒有真的坐三輪車逛街，而是以一種散步的方式步行回圓山來。現在，他們將那兩雙走很疲疲的腿平擱在矮玻璃几上，靠在沙發上休息。

金太太連旗袍都脫掉了，只穿著一件半透明的粉紅色襯裙，她用銀匙輕輕地攪動著杯子裏的冰塊，忽然擡起頭說：

「胖子，你看那個司機會不會給她問穿了幫？」

「你放心好了，」金胖子連動都沒動一下，胸有成竹地回答：「這個我早就準備好了！我第一天就關照過那個司機，要是誰問起了，就說車子是盧秘書長的！」

金太太——其實應該叫江小姐——把身子坐起來，困惑地問：

「呃，我問你，你說的那位盧老，又已經下了野，而且看樣子也不怎麼肥呀，你……」

「這個你就不懂了！」金先生得意地解釋道：「當然，盧老不肥——非但不肥，而且相當窮，像他那樣做官，不窮，除非是中了馬票！不過，我就是看中了這一點，他是名聲好，窮與不窮外面人不會知道的！我祇不過拿他來做個幌子，對象不是他！你儘可放心，我有我的……」

「錦囊妙計！」她替他接下去。

金胖子苦澀地笑笑。

「妳就是不肯替我打氣！」他乞憐地說。

「你能說我沒替你打過氣嗎？」江小姐不以為然地喊道：「只怪你自己不夠結實呀，打兩下就爆掉了——上次在澳門那件事……」

「我求妳別提那件事了好不好？」

她冷酷地笑起來，笑裏除了那種特有的揶揄，還攙有無法抑止的怨恨。

「哼！」她嚷道：「就為了你那一次的錦囊妙計，把我的錢搞得個精精光光，你還好意思叫我不提？」她阻止他開口，繼續說：「好了，等到事情穿了，待不住了，又拖著我跑碼頭；你說來臺灣，好，我賣光當光陪你來，我還不夠傷心的，連提提都不可以呀！」

「可以，可以，」金胖子現在只好站起來了，他陪著笑臉，勸慰道：「妳怎麼樣對我，難道說我心裏沒數嗎？只要這次事情成了，我絕對如數還你……」

「我料你也不敢少我半個子兒！」

「那當然，非但不能少，而且，而且……」

「我只要夠本就算了。」，她正色地說：「我吃不下那些冤枉錢！」

金祖灝先生楞了一陣，咀嚼這句話的意味，然後坐下低聲問：

「你不是要和我到日本去的嗎？」

她搖搖頭。「這次我可改變主意了！我要留在臺灣，我覺得我應該留在臺灣。老實說，我不願再去冒風險了！」

「到了日本，我們有錢了，還有甚麼風險？」

「話是這樣說，」她喋喋地說：「不過錢再多我也沒法安心！就像現在一樣：住圓山飯店，裝闊佬；就憑香港帶來的幾套衣服招搖，手上戴假鑽戒，房間裏躲兩天就算玩了一趟日月潭；租一輛黑市汽車就充是甚麼盧老馬老的；明明沒事，偏要說甚麼人洗塵甚麼人接風，我受不了——我真的受不了，以前我以為我們這些做舞女的，為了敷衍客人，有時不得不耍一兩下花招，原來你們——」

他用手去捫她的嘴，她索性咬他的手。

「太太你罵夠了吧？」他苦笑著，吹著被咬痛的手指。

「別喊我太太，我不配！」

「你看你，為甚麼呢？我這樣做，不完全是為了妳嗎？」

「哦，為了我——說得倒漂亮！你怎麼不說是為了你自己？為了你那位寶貝女兒？」

「就算我也為了自己和家碧，但主要的，不能說不是為妳吧？」

「好，那麼我莉莉江領你金董事長的情了！」

金胖子挨近她，沮喪地說：

「又何必挖苦我呢？」

「好，你讓開，不挖苦就不挖苦，」江小姐端坐起來，說：「我們談正經的，你說：事情成了，咱們向日本一開溜，那麼家碧是不是又像在香港一樣住校；要甚麼有甚麼，還以為自己老子是個大富翁？」

「妳怎麼突然又關心起她來了！」他要將話題拉開。

「關心？哼！」江小姐笑了笑：「你怎麼不說我恨她？」頓了頓，她繼續說：「其實，我應該可憐她！我不能怪他，因為你就是這樣教她嘛，她還會知道天高地厚嗎？」

「我們暫時不要談她吧。」

「對，現在不談，」她問：「那麼她這幾天的開銷，你來負責應付囉！」

「妳為甚麼要難為我呢？」他要求道：「妳知道我馬上就拿到錢的！」

「澳門那一次，也是馬上拿到錢的呀！」

金祖灝先生微微露出一些不快，但他極力抑制著。

「妳不知道我和錢家的關係，」他說：「大妹全部信任我，我剛纔在她家裏的時候，就是在研究這件事！」

「可是你回來沒有告訴我呀！」

「呃，呃……」他掩飾地說：「我想讓你驚訝一下！」

「哦，」她冷冷地笑笑。

「妳不信！」

「我信，你緊張些甚麼呀！」

金先生看看錶，皺皺眉頭。

「也該來啦！」他自語道。

「誰來？」她問：「我們在等人嗎？」

現在金祖灝先生那一份曾經失去了一些時候的矜持和尊嚴，又漸漸在他的神態中顯露出來了，他自滿地笑笑，然後挺直地站起來。

「妳猜我們在等誰？」他摸摸他那凸出的，裏面裝滿了脂肪的大肚子。

「我懶得猜！」江小姐淡漠地撇開頭。

「妳真的不肯猜？這是跟妳有關係的啊！」

「哼！只有錢纔跟我有關係！」

「妳猜對啦！」

她驀然回過頭去望他。

「我猜甚麼猜對了？」她不快活地問。

「錢！」金胖子抖抖他那隻像一根香腸似的右食指詭譎地說：「就是錢——財神奶奶替我們送錢來了！」

他揚起頭，翻翻眼睛，這種動作使他的話增加了幾分可靠性。他輕抒地接著說：「她大概已經離開銀行，她的支票和印鑑放在銀行的保險箱裏，她說這樣比較保險。呃，開張把支票不會費多少時間的，現在——說不定已經在路上了！」

如他所預料，她果然忍不住站起來了。

「你是說錢太太給我們送錢來？」她吶吶地問。

金祖灝先生輕輕地用手擰擰江小姐的臉頰。

「妳呀，除了錢就甚麼都聽不進去！」他調侃道。

「你不是！」她笑起來了，她抓著他的臂，急急地問：「——多少錢？」

他並沒回答，只伸出一個手掌。「五萬？」她說。

「妳的胃口真小！」

「五十萬？」

「嗯，」他故意不去理會她的驚訝，轉身走到窗子前面，說：「不過這只是一個開頭！我知道她心裏在怎麼想。」他回身望著她：「妳要曉得，我祇要抓住她這一點：她要跟我合作，她怕我不讓她參加進來！」

金胖子這種得意的樣子使江小姐的心中起了一種奇異的感覺；她承認自己不是那種狠心腸的人，當然，她也承認自己是喜歡錢的，但，出於這種方式，她總覺得有點歉疚。猶豫了一下，她問：

「那麼你打算怎麼樣呢？把錢家刮光？」

他窺透了她的心意，笑了。

「妳放心好了，」他說：「我的心腸還不至於黑到那個地步吧？別說錢家還是親戚，就是不認識的，也不忍心下這個手呀——不過，我是適可而止，說起來也不算多，兩百萬？我估計她手頭上至少抓有五六百萬！」

「真有那麼多嗎？」她的口氣像是如果是真的，那麼她所希望得到的錢便會沾不到罪孽似的。

「當然是真的，要不然，肯一口氣拿出五十萬塊錢出來？」

她漸漸相信他的話，於是也笑得更為甜蜜了。

「那麼我們明天就去買那幢房子，」她說：「用我的名字過戶，我只要五份之一，只扣回我替你墊出的！」

「妳何必那麼急呢，弄下來不全都是妳的。」

「謝謝你，我說過我只要回自己的錢。說坦白點：我跟你到臺灣來就是這個目的！」

金胖子現出一副為難的神態。

「妳房子一買，我的計劃可全推翻了！」他喊道。

「笑話！這跟你的計劃有甚麼相干？」她不以為然地問。

「妳說沒相干？釣魚總要餌吧？」他湊近她，諂媚地說：「妳先別急，聽我說：我姓金的說的話，一句就是一句——我讓妳佔一半！」

「這五十萬先給你？」

「小錢不花，大錢會來嗎！開家店也得要點本錢吧！」

她想了一想問道：

「最遲多少時候？」

「兩個月！最多不會超過兩個月！」他以一種充滿幻想的聲音回答：「然後，我們到日本去；那個時候，日本應該已經下雪了。」

莉莉江對金胖子後面的那兩句話，並沒有所預期的那麼熱心，但，她並沒有讓他覺察出來。她知道：儘管自己心裏多麼不願意放開這幾十萬塊錢，可是，金胖子會就此罷手嗎？萬一事情弄僵了，豈不是兩敗俱傷？明白了這一點，她只好用種種理由去安慰自己，忍耐兩個月。

他微笑著，注視著她。

當她擡起眼睛，正要說些甚麼時，電話鈴響了，金胖子連忙過去拿起電話。

「喂——」他用種低沉的，大人物慣常用的嗓調喊了一聲，但，他的眼睛隨即明亮起來，他有點緊張地喊道：「啊，那麼請……請他們上來吧！」

「誰呀？」

「財神奶奶！」他說：「哦，妳快點去穿上衣服，我們要裝作馬上要出去的樣子！」

他們進了臥房，江小姐選了一件旗袍，便匆匆忙忙地穿起來；金胖子拉掉那鬆在領下的領帶，順手套上一條紅底白點的活領結，但他並不去結它，只讓它掛在領口的兩邊。

門鈴響了，他走出來。

「請進來呀！」他喊道。

門開了，首先進來的是小李和一個僕役，小李拾著那隻裝得滿滿的帆布袋，錢太太謹慎地跟在後面。

金祖灝先生不解地盯著那隻帆布袋，問道：

「大妹，這是甚麼？」

等到那個僕役出去了，錢太太纔回過頭來說：「就是我們說的那些東西。」

「哦，你真是的，」金先生放下他那雙在打領結的手，說：「你急甚麼呢！反正盧老那邊……呃，請坐下來！」他回過頭。「太太，大妹來了！」

江小姐——不，金太太從臥房裏出來，一邊扣著貼耳的大花耳環，一邊笑著向錢太太招呼。

「真對不起，我正忙著換衣服。」

「不要緊的，」錢太太並沒有坐下來。「哦，你們要出去嗎？」

「嗯，」金先生用一種矯飾的聲調回答：「真要命，這個時候盧老就打電話來催了，要我們去打牌！」

「你們去吧，這是應酬！」說著，錢太太向金先生示了個眼色，然後要小李幫她將帆布袋拖到房間裏去。

小李走出房間後，她說：

「你點點數目吧，五十萬。」

「還點甚麼，你五十萬都相信我了，我還不相信你嗎？」他笑了笑，說：「其實你開張支票就成了，何必一定要提它出來！」

「現款用起來總方便點吧——好了，我走了！」

金祖灝先生要用車送他們回去，錢太太一定不肯，最後是在飯店叫了一輛出差車將他們送走的。當他再回到房間裏，卻發現金太太——不，是江小姐，已經解開了帆布袋，在對著那一捆捆的鈔票發楞。

他向她走過去，拿起一捆鈔票，看看，又隨手丟回帆布袋裏。這個事實是連他也感到驚異的，因為它來得太快，太突然了，他幾乎來不及去想許多事情。

「你打算怎麼辦？」江小姐仍然望著原來望的地方，用一種像是並不是由她發出的聲音問。

「就是剛纔我所說的，」金胖子回答：「這些錢你先讓我來處理，兩個月……」

她驀然扭轉身，抓住他的手，急切地喊道：

「不，祖灝，不要說下去！」

「為甚麼呢？是妳要我說的！」

「我也不知道，」她擺擺頭，然後摸著自己的嘴，像自語似的說下去：「我總覺得有點不忍心，也許是因為她太相信我們了，這使我……而且，她又是個可憐的孤寡！」

金胖子不屑地哼了一下。

「真是婦人之仁！」他冷冷地批評道。

她攔住他的去路，真摯地說：

「祖灝，我想過了，我們真的不應該這樣做！」她定定地望著他。「我們就拿這些錢從新開始吧，我們為甚麼不腳踏實地地發展一下，在臺灣機會多的是呀，甚至，你還可以向錢太太坦白一下，你們是親戚，我看出她並不是勢利的人，她一定會幫助你的！」

他垂下眼睛思索，一邊用手摸著下巴。

「說老實話，」她繼續說，微微有點昏亂。「在香港，在澳門，那一種生活過怕了！我現在想起來就發抖，真的，我不騙你！你別以為我整天十三點兮兮的，我纔不是，我沒有辦法……」

他連忙攙扶著她，勸解地說：

「你別說了，妳大概累了吧！」

「我不累；我一點也不累！」她掙扎道：「我要安定，我要安心，我……」

他截止她的話，說：

「好，我聽妳的，我就這樣做。」

「你不騙我？」

「我怎麼會，來，我扶妳到牀上躺躺。」

她馴服地依從了他，但，她捉住了他的手。

「你不要走開，」她要求道：「我還有話要告訴你！」

「你休息過之後再說不好嗎？」

「不，我要現在說，要不然我又說不出來了——我會忘掉的，我連自己姓甚麼，叫甚麼名字都忘掉的……」

說著，她驟然怯弱地哭泣起來。他坐在牀邊，一點都不能安慰她，他的手一碰她，她哭得更厲害。他忽然覺得：這個女人並不是玩世的、整天嘻嘻哈哈的莉莉江，而是一個受辱的村姑；她的哭聲和眼淚，像是都被她那真純而聖潔的情感所淨化了，挾著一種神奇的力量，在輕輕地叩擊著他那緊閉的被利慾所銹蝕的心靈。

他嘆了一口氣，輕輕地搖憾著她，開始去安慰她；同時，他向她保證，他絕對依從她的話去做。

她相信了他的話，於是露出一種淒涼的笑容。她幻想著以後的日子，她怎樣來安排這個家的生活——一個賢妻良母所能安排的生活；當然，她也提及金家碧的教育問題，她承認自己以前和她相處的態度是錯誤的，她得從頭開始去了解她，也要讓對方了解自己，她相信自己能夠辦到的，除非她不願意去做。

她還告訴他一些往事，一些從未向人提起過的往事；她並沒有羞怯，而是那麼坦率而虔誠，困此，她所犯的錯誤在生命中都變成最可愛的，最美的裝飾了。

她的聲音終於變成一種含糊的呢喃，終於沉睡了。

金祖灝先生困乏地垂下頭，他並不打算離開牀邊，他祇是這樣默默地坐著，聽憑著內心的天使和惡魔在激烈地交戰——其實，他早就知道他是屬於那一面的！

十六

三天之後，金家搬出圓山飯店住到「新房子」裏去。但，這幢新房子並不是小李找的那幢，而是一幢比那幢更大，更夠氣派的花園洋房。而地段也不壞，就在中山北路五條通。

照金祖灝先生的說法：這幢房子是盧老的，困為盧老聽到他急著要找房子，而這幢房子又正好空著，所以索性讓了給他，價錢是六十萬塊錢。

「我本來不打算要的，」他解釋道：「不過情面難卻；我知道這幢房子不止這個價錢，我實在不想佔他這個便宜——不過，幸虧李老弟那邊總算是熟人，要不然，真是不好意思呢！」

事情已成定局，小李除了苦笑之外，別無辦法；表面上，他仍裝作若無其事，而且聲明那幢小洋房已經有人在等著要，據說要的人是那一國的商務代表，而且價錢還比原來說的多了五萬。

「外國人真不在乎這些！反正是他們的政府出錢！」他故作輕鬆地說。

其實，他心裏可真不輕鬆：這件事情幾乎弄得他手足無措，當他聽到這個不幸的消息時，幾乎要暈過去。這是可能的嗎？他不斷地問自己。可是事實擺在眼前，不由他不相信。

總而言之，他絕望得幾乎希望自己能夠立刻死掉，這幾天，他時時刻刻在計算著如何處置那兩萬塊錢（這是他認為最可靠的一個數目）；他到錶店裏看錶，到拍賣行裏試衣服，有兩套西裝甚至連價錢都談妥了，祇差沒下定錢；他在商店的櫥窗外面流連不捨，一看幾個鍾頭，覺得甚麼都喜歡，甚麼都需要，最後，為了要得到一個確數，他把準備的東西和價格記下來，一共是一萬兩千塊錢；這其中除了衣物外，還包括兩副時下男孩子流行的袖扣，鑲假寶石的；一副AO牌的太陽眼鏡，Ray Ban的已經過時了，一隻鑲工很精細的錫蘭鑽戒，為了這隻鑽戒，他曾計劃過——應該說是幻想過：有一天，時機成熟而且湊巧的話，他會將它從手指上脫下來，套到薇薇亞或者錢子蓉的手指上去……；另外，還有一架日本新出的照相機，一千四百塊錢一架，跟羅萊相機一樣有派頭；除此之外，他打算給母親五千塊錢，賸下的則買幾十塊錢美金，放在那隻在一家拍賣行裏看到的皮夾子裏面……

可是現在，這一切都成泡影了！他所痛心的，是這件事情的功敗垂成，它轉變得太突然，太令人難以置信，因為它可以說是已經談成功了的。最後，他甚至開始移恨於那位從未見過面的甚麼「老」了！

即使如此，這些還不是使小李悲痛欲絕的原困；而是他無法向母親交待！他不能將事情的真相告訴她——至少在目前他不能夠。他知道她絕對受不了，如果她發覺已成空時，她會瘋掉的！他開始後悔自己這幾天在家裏所說的每一句話了。

「你太有把握了！」他詛咒著自己：「就算事情一定成功，你也應該說事情有許多困難，然後讓他們驚訝一下，而現在，你說怎麼辦呢？」

應該怎麼辦呢？小李痛定思痛，祇有想出一個補救的辦法……設法還掉母親借趙太太的兩百塊錢，當然，最好還能給母親一些錢，那麼，事情還可以慢慢地拖下去。

決定了原則，唯一可以弄幾個錢的方法。就是到金家去，他想：金家搬了新房子，總要添置一些零零碎碎的東西吧？而且他們是空身來的，傢俱什物一定要買；說不定房子還要粉刷裝修，那麼……這樣一想，他渾身驟然像燃燒起來。他覺得這不失為一條可靠的財路，所以第二天的一早，他便完全以一個「來幫忙的」身份，按址找到金家去。

可是，進了門，他怔住了。如果不是金家碧站在旁邊，他一定懷疑自己錯走了人家，因為屋裏所有的設備一應俱全，連一隻茶杯，一把掃帚都不缺少，而且一眼望去便看出房屋剛剛裝修過。

「覺得奇怪是不是，」金家碧向他解釋道：「這房子是連傢俱一道賣的，來，我帶你去參觀！」

小李無可奈何地跟著她，先到那間像個客廳似的廚房去，大冰箱，電灶、白漆的牆上櫥櫃，就像他在畫報上看到的一樣；然後，他們一間一間地看過去，薇薇亞在一邊替他解釋：這間作甚麼用，那間作甚麼用。最後，他們又回到客廳。

「過兩天我也要開一個Party！」她幸福地將雙手合在胸前，快樂地說：「你可要幫忙呀！」

「嗯，當當……然！」小李冷漠地應著。

「你今天是怎麼啦？」

「沒……沒甚麼呀！」

「我覺得你的精神不大集中。」

「哦，昨晚我們玩了一個通宵！」

「聖謐也去了？」

「不，祇有我一個人，在朋友家裏。」

她笑了笑，然後回過身去向客廳掃視一圈。

「你說地方夠不夠大？」她認真地問。

「哦，地方嗎——呃，我覺得正好，其實地方倒不在乎大不大，主要的是要有情調！」

就這樣，他們開始談下去。但，小李一點也不熱心，祇是勉強應對幾句而已，直至他這種反常的情緒讓平常不大注意別人的反應的金家碧看出來了，纔算是結束了談話。

「我看你還是回去睡個覺吧！」她說。

他從沙發上站了起來，搓著手。

「不，」他回答：「我還要到錢家去。」

金家碧並沒有留他，她送他出大門時，說是她馬上也要到錢家去的，她本來可以和他一道走，不過她還得洗一個澡，早上洗澡是她的習慣。

走回屋子裏去時，金家碧這時纔覺察到這個園子的早晨是那麼美：陽光透過樹木的濃蔭，傾注在地上，像一條條在閃爍的金色的帶，石徑兩旁的泥土有點潮濕，但氣味是甜美的，使人想起紅透的楊梅；她站在樹下，入神地注視著前面這一幢白色的房子，她驟然感到一種難以抑制的激動。

這就是「家」！對她來說，這個字是含有莫大意義的。她記得，從她有記憶力開始，她幾乎從來沒有在一個真正的家中生活過；抗戰期間，在四川，她住在成都外婆家裏，難得到重慶去一次，勝利後，父親將她寄住在上海親戚家，因為母親生病，還留在重慶，他則來回港滬間；及至大陸淪陷，他們到了香港，為了減少麻煩，父親索性送她到學校去住讀……

漸漸地，她的眼睛糢糊起來了，她說不出心裏的感動。

「它太美了！」她向自己說。

的確，它是很美的，可是，這個「家」，金家碧所認識的祇是它的外表，她根本不知道它內面的卑污和狡詐——她是永遠不會知道的，她並不了解她的父親，而自己也不願意去了解他。

其實，這幢房子並不是甚麼盧老的，當然更不是金先生花六十萬塊錢買來的了！這些，都是用來騙錢太太的鬼話！它真正的價值是月租新臺幣七千元，押金五萬元，租期是兩個月。

那天，當金祖灝先生和江小姐談過那次話之後，他表面上順從了她，他答應她從頭做起，但，他的條件是要動用那五十萬塊錢，作為建立新事業的資本；他說：這樣的話比較好些，以後向錢太太貸借時總算是找到個好藉口。她當然沒有理由不同意他這個看來理由頗為充份的做法，祇好將錢交了給他，而自己則在旁負監視之責。

金先生的腦筋是靈活的，同時他在社會上混過，雖然是在這種陌生的環境中，他仍能應付裕如。開始，他在飯店找到一個在外面頗為活動的僕役，將自己的意思告訴了他，要他全權負責。第二天，那個僕役便帶他到這幢空房來。

這種房子在臺北很多，專門租給那些來臺灣觀光渡假的闊佬短期住用的。紙消三兩句話，這筆交易便成交了。那個僕役得到相當優厚的佣金，金先生則得到一種最好的偽裝：讓錢太太相信他有錢。

「人呀，就是這樣，」為這件事，他向江小姐說：「親戚世交，全是假的！如果你身上有一百塊錢，那麼你拿出來，讓他看見，然後向他借一百塊錢，嘿！一點也不成問題！要是你身無分文呢，你說怎麼樣，借一塊錢都靠不住！」

莉莉江當然同意他的話，因為她也窮過的，她嘗過借債的滋味，所以她也漸漸相信他的做法是對的；這樣做，既保存了面子，也可以真正的發展一下。

但，她要保留一個條件；她要參與他的任何一件事，不許他對她隱瞞。

「那還用說，」金祖灝先生認真地舉起他的右手。「你要不要我向你發誓？」

「算了，你的誓我聽夠了！」她冷冷地說：「總之，我也不傻，你少安甚麼壞心眼！從今天起，我們這個公司算是正式成立，你是總經理，我是會計兼出納，錢由我保管！」

他猶豫了一下，終於同意了。他懂得女人的心理，在這種時候，得先讓她一點，慢慢再和她計較。

金家碧洗過澡，換好衣服，到他們的房裏問他們要不要出去？她要用一用車子。

金先生為了要讓江小姐看看他的「新作風」，他清清喉嚨，然後用微微帶有點威嚴意味的聲音說：

「你又要到哪裏去？」

「到錢家呀！」薇薇亞理直氣壯地回答。

莉莉江瞟了金先生一眼。

「這兩步路你也要坐車嗎？」他嚷起來。

她對父親的情緒感到驚異，但，她說：

「我和聖謐約好要去買東西的——你還得給我點錢！」

「前天纔給你，你又用光了？」

金家碧開始不大耐煩地報她的帳，莉莉江走進內室去了，出乎他的意料，她出來的時候，手上拿著一疊鈔票，遞給金家碧。

「好了，拿去吧，」她溫和地說：「要省著用呀！」

金家碧接過錢，忽然有點羞澀的感覺。她望了父親一眼，沒有說話，緩緩地返身走出房間。不過，在門口她又回轉身。

「爹吔，」她說：「我想請他們到家裏來玩。」

「開舞會？」他沉悶地問。
「人家也請過我們呀，」她解釋：「我們搬了新房子，好意思不回請一次嗎？」
他想了想，說：
「好吧，反正我想在大後天請客，就一起舉行好了！」
「表姨媽知道嗎？」
「我還沒有告訴她。」
「那麼我順便告訴他們好了！」薇薇亞欣喜地說：「你還要帶甚麼話嗎？」
金先生要她告訴她的表姨媽，說是他們下午會來看望她。最後，他還叮囑她早點讓車子回來。
金家碧走了，金先生吁了一口氣，回頭向「太太」打趣道：
「我不教訓她，你怪我；等到我正要教訓她，你卻用錢收買她的感情了！」
「你還不滿意？」江小姐冷冷地笑了笑。
「滿意，滿意——反正是你管錢，」他咬咬下唇。「依我的意思呀……」
「把她送進學校？」
「你怎麼知道？」他反問。
「你除了這一手，對她還會拿出甚麼好辦法！」
「難道你就不覺得煩嗎？」
「我覺得，以前我的確是煩夠了，」她誠摯地說：「可是，現在我不同了，我要好好地教她，愛她！」
金先生困惑地盯著她，半晌說不出話。

「我不是她的母親了嗎？」她問。她的聲音是那麼溫婉而輕柔，像是由另一個人，從另一個地方所發出似的。在這一瞬間，金先生顯然是被她這種奇異的聲調中所包含的情意所困惑住了，他被她的真摯感動了。

「啊莉莉！」他熱切地張開手去擁抱她。

她平靜地推開他的手。說：

「以後要叫我淑蘭！」

「淑蘭，淑蘭，我的好太太！」

「少肉麻！」她正色地警告道：「太太就是太太！不過，我先聲明，祇要有一天我發現你騙我，那麼——」

「雷打天燒，不得好死！」他急急地接住她的話。

「當心，別以為天沒眼啊！」

「我知道天有眼，我第一次看見你，我就知道天有眼！」

「那不是天意，是我瞎了眼，我以為你是大老闆！」

「我以前的確是個大老闆呀！」

「至少我認識你的時候，你已經不是了！」

「是的。你猜，在我認識你的時候，我怎麼想？」

「……」

「我以為你祇認得錢！」

「現在就不是了嗎？」

他笑了，是一種阿諛而狡譎的笑。

「你的心地太好了！」他說。

她生氣地撇開頭。

「你別以為你可以抓著這個弱點，如果你就這想，你，大錯特錯了！」她雖然這樣生氣地宣示著，但，他從背後擁抱著她時，她馴服地讓他吻她的頸子。她心裏想……他們之間的關係雖然不是最好的，但，像她這樣在風塵中打過滾，嘗盡人間苦樂的女人，還企求些甚麼呢？祇要他能忠實地愛自己，在事業上能重新振作——以目前的情形來說，他是能夠這樣做的，除非他不願意，不屑於去做。

她忽然有一種欲望：屬於母性的；她要去親近金家碧——她打算在這兩天之內得到一個機會去和她談談，她希望能改變雙方這種冷漠生硬的感情。

可是，金家碧卻沒有想到這些，離開家之後，她坐在車上，有一個很短的時間她曾經想到莉莉江給錢她時的情形，這是從未有過的，即使是她的錢，她也祇有從父親的手中接過來。但，很快地她便把這件事情忘了，她認為這是莉莉江的一種姿態，她甚至認為，她有意侮辱自己。

「管她的，」她想，「不用她的纔笨蛋！」

到了錢家，祇有小李一個人呆坐在客廳裏，錢太太在佛堂裏唸她的早課。據阿美說：聖謚和子蓉一起出去了，但並沒有說到甚麼地方。

「你知道他們到那裏去嗎？」她在小李身邊坐下來。

「我來的時候他們已經走掉了！」

沉默了一陣，她放開那半張新生報，霍然站起來。

「會不會去看早場了？」她問。

「我看不會吧！」小李淡漠地回答。他心裏在想：今兒晚上回家怎麼向母親說呢？趙太太已經對他的「生意」發生懷疑了，而這件事……

「走！」她向他說：「我們一起到街上去碰碰看，我的車子在外面。」

小李無可無不可地跟著她。車子走到天橋時，她祇發覺他的神情有點不對。不過，她不打算去問他，她以為這一定是他和聖謐約好的，而他失約了。

「喂，小李，」她緩和地說：「我告訴你一件開心的事。」

「你開心還是我開心？」

「大家開心！」她玄惑地笑笑，然後接下去：「大後天我要在家裏開一個舞會，你來幫忙我籌備，你答應過要幫我的忙的！」

小李胸口突然一陣熱，他馬上想到許多事情。

「那當然啦！」他喊道：「大後天，那麼今天就得開始準備了！」

薇薇亞說沒有意見，由他全權負責。於是他就以錢家那個舞會為例，認為某一點太糟，應該加以改善，意思就是說一定要比錢家那次舞會更為成功。最後，他提議音樂方面請人包辦。他說：在西門町有這種唱機行，連機器唱片帶專人負責放唱片，一共祇花兩百塊錢（其實祇要一百塊錢就夠了）；還有，要拉些縐紙和小顏色燈泡等等……

她隨即交了三百塊錢給他，不夠了再找她要。

他接過錢，心裏馬上打定一個主意——這個主意像是早就準備在那兒似的，他連想都沒有仔細地想一下，便決定這樣做了。他安慰著自己，雖然這種事情他從來沒有幹過，不過，現在是為了救急，那麼一切都值得原諒了。

「何必這麼急呢，」他說：「其實我可以先替你墊的！」

雖然道樣說，但他依然將那三百塊錢放進褲袋裏。但，在一個適當的時機，他非常敏捷地將錢掏了出來，塞進襪口裏去，金家碧絲毫沒有覺察。

接著，他提議將車子停在路口，然後到西門町那幾家戲院去打幾張找人的幻燈片；他拖著她擠進人堆裏，同時還叮囑她注意手上的提包。結果，他們沒有找到聖謚他們。

「這樣吧，」他說：「我們順便到唱片行去下定錢，要不然他們會先租給別人了！」

到了鐵路口那家叫做「西門」的唱片行，小李找到那個剪著小平頭的小伙子，他裝出完全是一個熟到用不著問長問短的老客人的樣子，將金家的地址留下來，然後大聲說：

「你要自己來管唱片啊！」

「當然是我去！」那個小伙子回答。

「他最內行。」他向身邊的薇薇亞低聲解釋：「他懂得換著放，兩隻快的，兩隻慢的，使跳的人覺得舒服。」然後，他一邊掏著褲袋一邊說：「好，就這樣，大後天晚上，早一點來，我現在先付你一百塊錢！」

說著，他裝得很認真地翻著口袋，最後，他低喊道：

「糟了——糟了！」

「甚麼事？」她急急地問。

他將褲袋翻出來，聳聳肩膀。

「甚麼事！扒手又光顧我了！——一掃光，甚麼都沒賸！」於是他放聲大笑起來，像是這是一件非常有趣的事。「你不知道，我配鑰匙配怕了！」

她也跟著笑了，唱片行的小伙子不解地望著他們。

「一定是在剛纔我們擠到戲院門口的時候丟的！」他說：「我已經碰到過三次了，聖謐也碰到過好幾次。」

「你還叫我當心呢！」她笑道。

「真奇怪，他們怎麼老是看中我呢，我一點也不像個有錢人呀——怎麼辦，算了，我回去拿錢來給他。」

「我現在給他算了，何必再跑一趟！」

她打開小提包取錢的時候，他說：

「好吧，你先墊，我再還你！」

「還我？」薇薇亞不以為然地說：「這個損失應該算我的，你是為了我纔給扒掉的呀！除了這三百塊錢，你還丟了甚麼東西！」

「這還談它幹甚麼，」他若無其事地回答：「丟了就算了，錢我最不在乎，就是我的房門鑰匙使我傷心。改天，我得想法捉住那個扒手，好好地揍他一頓！」

出了唱片行，她又將兩百塊錢塞給他。他故意不肯收，她則非要他收下來不可。

「別人還不知道我們在幹甚麼呢！」他說。

「那麼你就收下來呀！」

「這多不好意思。」

「有甚麼不好意思，」她說：「這是應該的，要不然我也不要你幫我甚麼忙了！」

小李裝出完全不得已似的收下錢，然後表示他要去買零碎的東西，要金家碧單獨回去。他說聖謚也許已經回家了。

金家碧依從了他，當她坐車走了之後，小李連忙跳上三輪車，回家去。

在車上，他簡直無法抑制自己的喜悅。他計算了一下：祇是略施小技，動動腦筋，在短短的一個鐘頭之內，他便弄到五百塊錢——雖然這個數目和他曾經夢想過的比較起來實在微不足道，但他目前所感到的快樂和激動卻是無法形容的。總之，他感到無比的輕鬆。

「我總算是了掉這樁心事了！」他在心裏感喟地說。當然，他免不了有點遺憾，不過，他盡量避免自己去想起關於房子的那件事。

所以當他到了家裏，將三百塊錢交給了母親，而她問起他的那樁「買賣」時，他有點厭煩地把眉頭皺起來。

「你急甚麼呀！」他喊道。

「我不是急，」母親用著歉然而微帶感傷的聲音說：「我祇不過問問你罷了，呃……希望能夠早日成功！」

「我還不是跟你一樣嗎？」

她不再說話了，他也覺察到自己的聲音略為大了一點，於是愧疚地望望母親，開始說幾句勸慰的話。

「我有我的計劃的，」他說：「金伯伯的公司馬上就要成立了，如果房子能夠成功，我還想一個錢也不賺他的，給他一個好印象。」

母親驚異地瞪著眼看兒子。

「你……你真的要這樣做？」一種渾濁的聲音從她的喉管裏發出：「你說你已經決定了？」

為了要減少母親將來對這件事的失望，小李接著解釋道：

「你想吧，金伯伯對我的印象好了，信任了，將來在他的公司裏混一個差事……」

「可是，」李太太嘆了一口氣。「目前，我是想目前最好能將我們的環境改變一下。」

「媽，我們這麼久還不是照樣忍受下來了嗎？」

「不忍受又怎麼樣？」

「我們再忍受一個短時期，」他握著母親的手，說：「你可以相信我！金伯伯那邊到底是個永久職業呀，你總不至於想眼看我整天遊遊蕩蕩吧？」

母親微笑起來了，她抽回她的手。

「我為的是你，祇要你好。」

「我知道，我想的還不是跟你一樣。」

「哦，我現在就去把錢還給趙太太。」

「媽，最好利息多給她一點，」他低聲補充道：「以後向她借的時候方便一點！」

「這個我比你懂！」她要走，但又想起點甚麼，於是又回過頭問道：「你不出去啦？」

「我就要走！」他說：「我還要去替金小姐辦事呢！」

說著，他匆匆地走了。李太太仍然站在原來的地方發楞。以這幾天心中所朝思暮想的情形來說，她的確頗為失望，不過，她相信她的兒子，她知道他絕不會輕易放過任何一個能夠賺錢的機會的。

「他這樣做，當然有他的道理！」她想。

十七

金祖灝先生是非常有魄力的，兩天之後，便將一塊寫有「亞細亞貿易公司籌備處」幾個大字的木牌，在懷寧街一間頗有氣派的寫字間外面掛起來。當然，小李是他的一個最得力的助手，他把一切瑣碎的事情完全交給他，由他去負責佈置；所以，小李這兩天忙得不可開交，總算依照金「總經理」的指示，在他請客的那天完成了。

當金先生坐著他的車子來視察一遍時，他對小李的辦事能力極為讚賞，因為他幾乎挑剔不出任何一點疏漏的地方。現在，祇要在那些辦公桌上坐上人，便像一家有百把萬生意在經營的公司了。

「不錯，不錯，」金先生看過會客室，辦公室，然後到總經理室的大寫字桌前的大活動皮椅上坐下來時嘴裏重複著說：「真看不出你年紀輕輕的……」

「我只不過是照金伯伯的意思做就是了。」小李站在寫字桌前謙恭地說。

「這就不容易啦！」金胖子用了一點氣力，從大皮椅中站起來。「不錯，你真是一個總務人材！」

小李屏息著，等待對方說下去。果然，金先生說了：

「你就在公司裏負責總務好了！」

其實，說穿了，這只不過是金祖灝先生在這一局棋裏面所下的一顆棋子——一顆有相當份量和作用的棋子！他了解小李的品性和他在錢家跑動的情形，他懂得怎樣利用他，而在錢太太那兒收到自己所預期的效果。

因此，在這個同時可以認為是慶祝公司籌備就緒的宴會上，金先生幾乎連話也沒說，便覺察到錢太太對於這件事的反應了。那還用說：小李每日都向她報告公司籌備的情形。她由衷地稱頌金先生的幹勁兒，又怪他事先沒有告訴她。

「我的董事長，」金祖灝先生打趣地說：「這些小事情，我以為用不著讓妳操心的！」

「你喊誰董事長？」錢太太不解地問。

「妳呀！」他認真地回答：「妳不是我們的董事長嗎？」

「你別胡扯了！」

「誰胡扯？這次我敢來臺灣發展，完全是因為妳肯做我的後臺——難道妳不肯？」

她急急地向他解釋自己的立場：說她祇是他的一個合作人而已，根本談不上甚麼後臺；至於董事長這個名義，她說甚麼也不肯幹。

「我們女人家，還『董』個甚麼啊！」

「呃，大妹，妳別固執，」他懇切地說：「做董事長是用不著懂甚麼的！」

「不！不行，這是你們男人的事，而且，」她神秘地湊近金胖子，低聲說：「一般的公司，這種事都是找那些在社會上有名器兜得轉的人幹的，我看你還是去找……」

「找誰？」他表示熱心地問。

「盧老怎麼樣？今兒晚上你不是也請了他嗎？」

金先生猶豫了一下，然後表示最好還是由她來幹；因為這是「咱們」自己的事業；同時，他表示：能夠請盧老出任，固然是最理想不過，但，盧老不一定肯幹。

「你還沒有正式請過他呀！」錢太太提醒他。

「好吧，我們試試看！」他說。

席上，酒過三巡，金祖灝先生用一種委婉動聽的聲音站起來說一遍江湖說詞，不外乎表示自己能力薄弱，一切都要靠在座的朋友幫助。最後，他纔把話引到正題，敦請盧老出任公司的董事長。

盧老起先極力推辭，後來經席上的人一鬨，再加上金先生那份誠懇的樣子，才算應承下來；不過他再三聲明，這祇是掛名的，因為他居官多年，對生意買賣完全是外行。

總之，在金先生這方面來說，這個宴會是非常成功的，直至九點鐘纔散席。

但，這一來卻害苦了金家碧，她的舞會不得不在九點二十分之後纔能空出場地來舉行。而那個時候，有些從八點鐘就來赴會的客人，有一部份已經等得不耐煩而轉移陣地，到別的有舞跳的地方去了。

而且，她所請的客人，可以說是完全由別人代請的；小李這兩天忙著公司的肥差事，當然無暇顧及；而錢聖謐和錢子蓉，卻對她這件事一點也不熱心。所以，等到敲過十點，客廳中仍然是數得出的那幾對人在撐場面；到後來大家連跳的興趣都失去了，索性坐在沙發上談天。

舞會在十一點左右便結束了，薇薇亞傷透了心，送走了客人，她便躲到自己的房裏去。

她痛苦了一夜，但，第二天便把昨夜所發生的不愉快的事情忘了。一大早，她便帶著往常的那份喜悅的心情到錢家去。

可是據阿美說：少爺和小姐剛剛纔走，可能是到郊外去野餐，因為他們帶著一籃吃的東西。

「少爺還背了照相機呢！」她補充道。

「哦，」薇薇亞自言自語地說：「兩個人去野餐？」

「我看不止吧，」阿美好心好意地接住她的話：「東西帶得不少呢！」

她沒再說甚麼。錢太太出來了，這時她纔發覺兒子已經出去了，於是歉然地找些話和金家碧談，同時，一邊在咕嚕著，責怪兒子出去的時候沒告訴她。

「他這兩天就成天往外跑，」錢太太說：「他沒跟你在一道嗎？」

「這兩天？啊，沒有，我一個人在忙昨晚的那個舞會呀，小李——」

「他也沒跟小李在一起？」她急急地截住薇薇亞的話。

「怎麼會？小李成天在公司裏。」

「是呀，我也這樣想。」

薇薇亞不想再研究下去，因為她要裝出漠不關心的樣子，表示這件事是與她無關的。於是她繼續敷衍兩句，便站起來要走，錢太太也知道留不住她。但，當她送金家碧出來時，她要她下午來一次，她說聖謐那個時候大概已經回來了。

出了錢家，金家碧感到有點煩悶，她跳上街口的三輪車，但又說不出要到甚麼地方，祇好叫車伕向前面走。但，沒有事情比這個更湊巧了，當她的車子經過車站前面時，她突然發現錢聖謐。

他穿著一條灰色的褲子，上面是一件顏色比較淺一點的夾克；他手上提著一隻野餐籐籃。他們一共三個人：他走在當中，左邊是錢子蓉，右邊是一個身材比錢子蓉略高而瘦削的女孩子，錢聖謐像是正在對這個女孩子說著甚麼話，他們都笑著，向右面的長途車東站走過去。

女孩子差不多都有這種天賦的，雖然祇是短短的一瞬，但薇薇亞已經看得非常清楚，而且一時還忘不了，她覺得錢聖謐的笑容有另一種意味，她從來沒有看見他這樣笑過；至於那個女孩子，她覺得很面熟，像是在那兒見過，印象非常深刻。

她把車子叫住，注視著他們。雖然，這祇是一件極平常的事，然而，這個時候在她的心中所引起的反應，卻是異常強烈的，她從來沒有經驗過這種可怕的——十分可怕的激動，她幾乎為之瘋狂；她要想追過去，但，她發覺自己仍呆呆地坐在車上。

她是在妒嫉嗎？她不知道，她祇覺得那個女孩子非常可憎，尤其是她穿的衣服，她穿得太普通太平凡了，她不配和錢聖謚走在一起。

但，他們已經進站了，想了想，她回頭大聲吩咐車伕到懷寧街去。

「走快一點！」她說，又忍不住回頭向那邊望望。

三輪車到了亞細亞貿易公司的門口，她迫不及待地跳下來，衝到裏面去。

小李正在吩咐工人在安裝電燈，金小姐的駕臨，使他大表驚異。

「啊，金小姐，你……」

她來不及跟他說廢話。拖著他便向外跑。

「你，你要拖我到那兒去呀？」他急急地問。

「你先別管——上車吧！」她命令道。

「上車？」他為難地說：「這裏的事情……」

「回來再說！走，走呀，到剛纔那裏！」

在車上，小李困惑地睨望著悻悻然的金家碧，他一時想不透發生了甚麼嚴重的事情？而且拖著他去幹甚麼？

到了東車站，金小姐又拖著小李向候車室裏跑，而三輪車伕卻跟著追上來了。

「呃，呃，小姐，」那個皮膚黧黑的三輪車伕吶吶地問：「車……車子你們還要不要呀！」

金家碧連忙打開手袋，將兩張十元的鈔票塞到車伕的手裏，返身便向裏走。小李祇好跟在她的後面。進了候車室，她緊緊張張地向四週觀望，又跑過去向正要開動的一輛公路汽車那邊去察看。

「你要找誰呀？」小李忍不住地問。

她顯然是失望了，她回過頭。

「他們走掉了！」她輕喟地說。

「誰走掉了？」

「聖謐。」

「還有誰？」

「子蓉和另外一個女孩子。」

「哦，你是跟他們約好的？」

她沒有回答他的話。略一沉吟，她忽然低促地問：

「你看他們可能到甚麼地方去玩？」

「去玩，我怎麼知道呢！」小李說。

「我看見他們進來的，」她扭過頭去唸著那些寫在白玻璃架上的地名：「基隆、淡水、北投、天母、陽明山——你想他們會去甚麼地方？」

「我看，」頓了頓，小李無可奈何地說：「如果說玩，也許會上陽明山，不過這可說不準啊！」

「那麼我們也上陽明山去！」說著，她又匆匆忙忙地過去買票，小李無法阻止她。

可是到陽明山的班車在五分鐘前剛開走一輛，下一班還得等候十五分鐘。

「我們還是到那邊坐下來吧，」這時，小李纔漸漸明白了這件事情的大概，於是他想藉這一刻鐘功夫去勸服她，讓她打消跟踪上山的念頭。因為公司裏還有好些事情等他去辦。

他們坐下之後，他先說：

「究竟是甚麼事，你還沒有告訴我呀！」

「沒甚麼事，」她掩飾地笑笑，但是，她的注意力又集中到那個困擾她的思想上去，她自語道：「奇怪，我想不起在那裏看見過她！」

「看見過誰呀？」

她驀然叫起來。

「啊，我想起來了！」她嚷道：「就是她！沒錯，就是她！」

她早就該想起來的。她記得，就在錢家開舞會的那個晚上，子蓉帶她過來向自己介紹過的，後來將她介紹給當時站在她身邊的聖謚時，她還記得他那種受寵若驚的神情，和他無意間出口的那句話：「我真喜歡她！」

她冷冷地笑起來。小李緊緊地諦視著她，她發覺了，於是說：

「我記得子蓉說她姓梁，是她最要好的同學。」

「哦！」現在，他總算完全明白過來了。「我知道你說的是誰！是不是那天跳舞也來的那個女孩子，叫做梁若榆的？」

「我沒注意她叫甚麼名字！」

小李咬著下唇，翻翻眼睛，因為這件事情也是出乎他意料之外的，聖謐這件「大事」，他竟然毫不知情。

「你真的沒看錯嗎？」他問。

「怎麼會！」她認真地說：「我看得清清楚楚，她穿一件灰色的毛衣——好像還是那天晚上的那一件……」

「她家很窮！」他接嘴。

「那麼聖謐為甚麼要跟這種女孩子在一起玩呢？」

小李輕佻地笑笑，故作神秘地說：

「這種事情，可真難說啊！」

薇薇亞對小李這個回答頗為不滿，但，她抑制著，因為從小李的口氣聽來，他對這整個事情像是很清楚似的；而且，她不願讓小李看出她在嫉妒，她得裝做滿不在乎的樣子。

停了停她自語地說：

「如果追不到他們，那纔掃興呢！」

小李詭譎地望了一眼，他發覺到她之所以突然放棄了剛纔那個話題，正表明了她的心虛。同時，在另一方面說：這個消息使他大表驚異，短短的幾天功夫——這幾天他忙著公司的事，幾乎沒有和錢聖謐碰過面——錢聖謐和梁若榆的進展竟然會那麼快嗎？當然，那是他們的事，對於他是沒有大礙的，他並沒有因為自已對這件事沒有幫上忙而感到遺憾，以後，他甚至於可以脫離錢聖謐的那個生活圈了：他已經有一個有油水，而又獲得老闆信任的肥差事，一個相當不錯的正當職業；他用不著再像以前那樣，老是陪伴著錢聖謐，做他的「隨從副官」，他忽然覺得那是一件非常沒出息的事。

可是，在友誼上說他仍然是有點依依不捨的，錢聖謐對他太好了，由於這一點，所以這個時候他心中的不快，就是因為錢聖謐並沒有將這件事情告訴他。

「他應該告訴我的。」他喃喃地說。

「你說誰？」薇薇亞低聲問。

「聖謐呀！」

「你真的連一點也不知道？」她冷冷地笑笑。

「以前我還知道一點，」他回答：「但是這幾天，我忙得連哪裏都沒去過！」

「……」

「他們怎麼玩到一起的，我一點都想不透！」

「那有甚麼想不透，子蓉在邊上幫忙呀！」

「問題不那麼簡單，」小李嚷起來，但又有點說不下去：「哎，你不知道裏面的情形！」

金家碧假裝並沒有興趣聽下去，其實她知道追到陽明山去已經沒有意義了，於是站了起來。

「算了，」她說：「我們不去了！」

「哦，為甚麼突然又變卦了呢？」

她戴起她那副邊上鑲有水鑽的太陽眼鏡，淡淡地解釋道：

「我怕找不到他們，反而連我們自己都玩不成！」

他沒有說話，她接著說下去：

「你看我們到那裏去玩？」

「我們？」

「你是不是不想去？」

「啊，不……」他連忙改口：「這樣吧，我們去烏來，你沒去過的——不在這邊，在西站！」

金家碧沒有意見，於是他們到西車站去乘車。在車上，她祇消用幾句話，便把小李的話套了出來；其實，小李也並不傻，他想起錢聖謐說過那句話：薇薇亞算是他的，而且他還答應幫忙拉攏；現在錢聖謐追上了梁若榆，這當然更沒有問題了，而且他又在她父親底下做事，近水樓台，假如真的讓自己攀上了……他沒有再想下去。所以當他從她的語調中聽出她的含意時，他故意誇大其詞，將錢聖謐對梁若榆的痴心加以渲染，目的是讓金家碧聽了可以死心。可是，所得到的效果是小李所想不到的；金家碧認為自己絕對不能敗在這種窮人家姑娘的手裏，小李所告訴她的資料正是她反擊的本錢。

「我一定要將這種事情告訴表姨媽！」她在心裏說。

在烏來晃了一圈，她馬上便嚷著要回臺北，說是突然想起了一種甚麼重要的事。小李難免有點失望，不過他覺得她既然要和他出來玩，當然對他的印象不會太壞，祇要慢慢下功夫，還怕她會飛掉。所以當車到臺北，金家碧要單獨走時，他還認為這是必然的事。他表現得像個紳士，體貼入微；替她叫了三輪車，替她付了錢，還說明天早上會來找她。

三輪車纔走不遠，金家碧便吩咐車伕馬上蹬到中山北路三段去。

十八

走進錢家的大廳，她便知道錢聖謚已經回來了，因為他的相機和那隻小籐籃擱在矮玻璃几上，猶豫了一下，她連忙到樓上去。

她剛跨上樓梯，錢太太便從甬道口叫住她。

「表姨媽。」她反身倚著鏤花的梯欄笑著喊道：「我還以為妳在樓上呢！」

「聖謚他們回來的時候，妳到哪裏去啦？」錢太太問。

薇薇亞發覺錢太太並不知道這件事，所以她也不去解釋，故意含糊過去。

「表姨媽，」她說：「我上去一下，馬上就下來陪妳！」

「你上去吧，我用不著妳陪！」

她上了樓，躡手躡足地走到聖謚的房門口，聽聽沒有甚麼動靜，便輕輕地推開房門。

錢聖謚正對著衣櫃上的鏡子扣襯衣的衣鈕，回頭向她望。

「啊，是你！」他淡漠地說，然後又望著鏡子，一心一意地穿他的衣服。

沉默了一陣，她詭秘地問：

「今天玩得開心吧？」

他停下手，但馬上又恢復過來。

「還好！」他簡截地回答。

「我本來也想參加的，」她仍倚在門邊，有意味地說：「後來，我覺得，你們事先又沒準備我的份，所以在車站我就沒叫你們。」

他那份強自抑制的鎮定被她這幾句話破壞了，他困惱地望著她。她輕輕地不露齒的笑了。

「你不相信？」她接著問。

還是沒有回答，於是她假裝纔想起來。

「哦，那位小姐呢？」她嚷道。

「甚麼小姐？」

她用一種異樣的眼色責備他，意思是他不應該在她的面前裝糊塗。

「甚麼小姐，」她揶揄道：「就是那位一年到頭穿灰毛衣的那位小姐呀！」

這時，他相信她真的曾經見到他們了，可是這句話使他有點忿懣，因為她這句話侮辱了梁若榆，也侮辱了他。他本來不想去理會她的，但他知道這樣反而更增加她的氣燄，所以他說：

「如果她家裏像你們金家那麼有錢的話，我想她一定多買幾種顏色的！」他說完這句話，臉便紅了起來。

薇薇亞沒想到他會說出這種話，但隨即又裝出早就料到他會說這些話似的。

「這個我知道，」她說：「她家裏很窮，本來我還怪你，既然要找女朋友，為甚麼不找一個家世好一點的，體面一點的，現在聽你這一說，我明白了！」她故意頓了頓，微微地歪著頭。「憑良心說，你的確偉大！」

錢聖謐越聽越不是味道，索性扭開頭，故意去收拾椅背上剛脫下來的衣服。

「為了這種女孩子，」她並沒有放鬆，繼續說：「你居然不顧自己的身份，想盡辦法去釘她的梢——呃，別緊張呀，這又不是甚麼丟臉的事！」他要出房門，但她攔著門口。

「你急甚麼，」她說：「英國的溫莎公爵不是一樣的連皇帝都不做去跟個結過婚的女人結婚了，這纔是真正的愛情呀！不過，不曉得你想過沒有？」

他注視著她，等她說下去。

「你能夠犧牲，表姨媽可不一定肯眼望著你去犧牲啊！」他冷冷地笑了笑，隨後問道：「——她知道了沒有？」

錢聖謚緩緩地低下頭。的確，他從來沒有考慮過這件事，他幾乎敢肯定地說，母親一定堅決反對的，他早就知道她要他去喜歡金家碧。不過，他忽然又覺得她沒有理由阻止他去愛他所喜歡的人，他已經不是小孩子了，他得為自己做一次主——尤其是這種事。至於梁若榆，他想暫時還不能讓母親知道，因為目前還不是時候。

自從那天錢子蓉約梁若榆去看過一場電影之後，她時常藉故去找她，然後找個適當的機會加進一個羞澀沉靜的錢聖謚進去；最初，氣氛免不了有點尷尬，但，漸漸地也就互相習慣了。梁若榆雖然了解錢子蓉的用意，但她假裝不知道，因為她相信她這樣做是善意的、友誼的，絕對不會有任何陰謀；她也開始對錢聖謚這種典型的男孩子發生了一點興趣——其實，不應該叫做興趣，祇是好奇而已，她慢慢地將印象中的那個壞印象改變過來，而開始發現他是一個可以交往的朋友。

今天雖然他們一起到郊外去玩了一趟，可是他們很少交談，錢聖謚顯然整個地陷入心中那種幸福的幻想裏，他時常偷偷地窺望她，而她亦報以微笑；她覺得他的品性是非常純良的，可惜太軟弱；她認為自己所喜歡的男孩子應該是剛強的，值得自己去崇拜仰慕的，因此，她不斷地提醒自己，盡量避免接觸對方所顯示的，任何含有愛情成份的意向。當然，她也知道，至少在目前還不可能發生這種事，但，早些防範總比事後補救好些。

錢聖謐並不了解這一點，他以為她那種溫和的聲音、輕柔的微笑、與含情的顧盼，都是一種接納的表示。

「如果不是這樣，」他心裏想：「她怎麼會答應和我一起出去玩呢？」

他相信自己這種想法，同時又記起了小李警告他的那句話：要長線放遠鳶，不能急，急了她會嚇跑的。

他突然觸及金家碧那不含好意的目光，他馬上知道這件事不能隱瞞下去了；她非但看見了他們，而且對這件事瞭如指掌，現在他無暇去追究，這些事是誰告訴她的，他祇是在思索如何應付當前的危機——金家碧會向母親全盤托出的。

「怎麼樣？」金家碧看見他在那兒發呆，於是挑釁似地說：「如果你不好意思向表姨媽說，那麼我替你說好了！」

「啊，不……不行！」他緊張起來。

「為甚麼，你也得讓她早些替你準備準備呀！」

他像是聽不懂她的話，她得意地笑了。

「她準備甚麼？」他低聲問。

「做婆婆呀！」他掩飾地笑笑，然後強作鎮定地說。

「你完全誤會了，她是子蓉的同學……」

「所以你可以利用子蓉？」

「利用？這怎麼說呢，而且……」

「你總不能否認你喜歡她吧？」她急急地打斷他的話，單刀直入地問。

錢聖謚顯然被這句不禮貌的問話激惱了，但他的發作並不是為了她（他是很少對別人發怒的），而是為了自己，因為這件事緊逼著他，使他無法躲避。

他頓了頓，用一種似乎並不是由他的嘴裏發出的聲音說：

「難道我沒有權喜歡一個人。」

現在，輪到她頓住了，他的話使她接不下去。半晌，她纔強笑著替自己打圓場。

「你當然有權呀！」她有意味地說：「你別誤會我有甚麼壞意，我替你高興還來不及呢！」

把話說完，她說了一聲Congratulation便回身走了。她開始後悔自己的衝動，但，她仍然將所有的話告訴了錢太太，而且還加上自己對梁若榆的評語。

當錢太太從金家碧的嘴裏聽到了這個驚人的消息，再在小李那兒證實了之後，他顯然是被兒子這個「不名譽」的戀愛事件所困擾了；她生了好幾天的悶氣，因為兒子從小到大，無論甚麼大小的事都是與她息息相關的，但，現在竟然發生了這件她毫不知情的事；她當然感到忿懣，她像是已經覺察到，從現在起，兒子和她之間的情感便要分一個段落了；他開始有他自己的一個新天地，這個新天地，是不允許她進去的。

「要不然，他為甚麼不讓你知道呢？」她感傷地問自己。

於是，她傷心起來，她覺得自己又可憐又孤獨。

但是她並沒有怨恨錢聖謚，她認為他是無罪的：他一個人絕對不會做出這種事；當然，追究起責任問題來，錢子蓉應該是罪魁禍首，因為那個女孩子是她帶來引誘他的，而且她還在中間替他們拉攏；小李呢，他祇算是從犯，以她的理由：他不能阻止錢聖謐，他將這件事告訴了金家碧，就表明他也是不同意這件事的——他和她永遠站在一邊！這個信心她始終沒有動搖過，何況他現在在自己投資的亞細亞公司裏工作，每天晚上都將公司裏所發生的每一件事情報告她。

為了要更深一層了解這件事情的真相，她暫時按兵不動，祇是偷偷地偵伺著兒子和女兒的一切行動。至於錢聖謐，他知道金家碧不會放過他的，所以他早有準備，而且馬上就從母親的眼色中窺察出來了；但，他不願主動地去和母親談，他寧可等候母親去質問他。

當他將這個問題去和錢子蓉研究時，她覺得這件事情並不如他所想像的那麼嚴重。

「你要表現得自然一點，」她說：「就當它沒那回子事兒！」

「這個我知道，不過……」他囁嚅地說。

「你怕是不是？」

「這不是怕不怕的問題！」

她走開，背著他說：

「這件事對你是一個考驗，就看你怎麼做了！」

「所以我來問你呀！」他委屈地嚷起來。

「問我？」她霍然回轉身。「這是你的事情——可能還是終身的事情，你是不是要媽替你做主？」

他垂下頭，不響。沉默了好一陣，他纔重新擡起頭，發現妹妹在定定地望著自己。

「我要做自己的主！」他沉重地宣示道。

她寬慰地笑了，連忙回到他身邊。

「你要堅強一點，我永遠支持你！」

他的臉驟然紅了起來。她接著說：

「好，我們明天就請梁若榆到家裏來玩，索性讓她們看看！」

「可以嗎？」他低聲問。

「怕甚麼，要幹就得先發制人！她要是問起你，你就坦白向她承認：說是你喜歡她！」

錢聖謐猶豫了一下，終於算是同意了。其實，他心裏既畏怯又紛亂，雖然他也相信自己是有決心的。

第二天，一切都依照著錢子蓉的安排進行，而且極為順利。果然，九點鐘左右，金家碧來了，看見錢子蓉在忙著準備食物，她有點困惑，但，錢太太那種冷峻的眼色告訴了她，於是她輕笑起來。

「今天是甚麼事呀？」她假意地問。

「我請了一位同學到家裏來玩。」錢子蓉若無其事地回答。

「哦，那麼我不是礙了你們的事了嗎？」

「甚麼話，我們早就把妳算進去了，我們算好妳會來的。」

金家碧和錢太太交視一瞥，然後回過頭去望望在假裝不注意她們的錢聖謐。

「聖謐，是不是真的？」她故意問。她以為他一定答不出話，可是卻出乎她的意外，他的回答竟是那麼自然而安詳，彷彿這是一件極其普通的事。

「當然是真的，」他說：「我剛纔還打了一個電話給妳呢，他們說，妳已經出來了。」

薇薇亞楞了一陣，她不明白他們兄妹二人今天這種異乎尋常的態度，她覺得這裏面必然有甚麼蹊蹺。所以她不再說話，祇是一心一意地等待那位客人來了再說。

客廳裏的氣氛亦隨之變得沉重起來，就在錢聖謚開始感到不耐，開始感到胸口窒悶呼吸迫促時，客人來了。

金家碧非常失望，梁若榆並沒有穿那件灰色的毛衣，而是穿著一件淡藍色的旗袍，顯得樸素、大方而動人。

「你不冷嗎？」見了面，錢子蓉便拉著她的手，關切地問。

她笑著搖搖頭，眼睛望著臉色並不怎麼明朗的錢太太和站在她身邊的金家碧。

錢子蓉替她向母親介紹，她輕輕地叫了一聲伯母，當介紹到金家碧時，金家碧冷冷地說：

「我們早就認識了，請坐吧，今天我是陪客。」

他們坐了下來，錢太太忍不住問了梁若榆一些話，而她卻很得體地回答。為了害怕節外生枝，錢子蓉把她們的話岔開，說是先要她到樓上去看看她的房間。

上了樓，梁若榆低聲問：

「你說的是不是她？」

「嗯，最死相了！」錢子蓉說：「你最好不要理會她，她說起話來是沒頭沒腦的。」

這一點梁若榆剛纔在樓下就已經領教過了，所以當她在錢子蓉的房裏待了一陣，再到樓下來時，她有意無意地打量著金家碧，同時，她也覺察到錢太太在注意她。

總之，這一個多鐘頭是相當難受的：錢聖謚當然無話可說，而金家碧卻時不時加進一兩句帶骨頭帶刺的話；梁若榆實在有點後悔自己來參加這個小茶會，其實，她可以說完全是為了要彈彈錢家的鋼琴纔來的。

錢子蓉似乎窺出她的心意，於是提議要她彈一個曲子，她推辭了一下，最後祇好到鋼琴前面坐下來。

錢家這架德國鋼琴是很不錯的，她輕輕的彈了幾下便聽出來了，可是在這種氣氛和心情之下，她祇好勉為其難地彈了一支短曲，還沒聽完金家碧那種酸溜溜的讚語，她便站起來告辭了。

錢太太為了禮貌，要留她吃了午飯再走，她說：她還要去辦一件重要的事，婉謝了她的好意，錢子蓉和錢聖謐也不願強留，便送她到街上來。

「今天真抱歉，」錢子蓉歉疚地說：「你一定沒玩好，我沒想到她會這樣討厭！」

「你別以為我是為她纔走的，」梁若榆笑著回答：「我的確有事，我不騙你。」

「好吧，不過你時常要來玩，我會去約你的。」

客人微笑著，點點頭。

「你隨時可以來彈我們的鋼琴的。」錢聖謐終於迸出了這句話，臉也跟著紅起來了。

「謝謝你。」梁若榆朝他望了一眼，她纔想起這是他今天向她說的第一句話。

錢子蓉要替她叫車子，被她阻止了，她說她去的地方就在附近，她可以慢慢地走去。直至她走遠後，他們兄妹兩人纔相對望望。

「進去吧！」妹妹有意味地笑笑：「她們在等著我們進去吶！」她頓了頓，接著說：「你可不能洩氣呀！」

「纔不會呢！」他還在回味著梁若榆適纔的微笑，這對他是一種鼓勵，他凜然地昂起頭。「走，你看我的！」

十九

其實，梁若榆並沒有甚麼重要的事，她只要早一點離開錢家那種令人沉悶的氣氛而已。她一路沿著中山北路寬濶的行人道上走，極力不去想剛纔那些不愉快的事情；可是，她的心情總是平靜不下來，像是自己曾經做了一件甚麼錯事似的，使她有點惶惶不安。

走到中山北路口，她繞過銅像，向比較清靜的中山南路走去。她的腳步很慢，路旁植在安全島上的棕櫚的蔭影像是一級一級梯堦；她踏著牠們，有向上爬的感覺，只走了一小段便覺得異常吃力。在一條支路口時，她將腳步停了下來，擡頭望望樹的盡頭樟腦局的高煙囪，心中有一種從未有過的想望，但，她祇略一思索，便替自己下了一個決定：轉進右邊的小路上去。

其實，那條路也並不小，只是少行人，更幽靜而已；夾道鳳凰木的紅花快要落盡了，微風吹過，便有些細碎的花瓣和泛黃的葉片紛紛飄落下來，有一種說不出的情趣。

她將腳步放緩，心情也舒暢了一些。

前面是一堵灰色水泥磚的圍墻，和一小片空場，原來內面是一家汽車修理廠。當她走過車廠的大門時，她幾乎要失聲喊叫起來。

一輛吉甫車停在路邊，一個年輕的技工正在埋頭工作，她發覺這個人的相貌和記憶中的某一個人極為相像；但，她敢肯定地說，他們絕不是同一個人，那是不可能的！

可是，他們太相像了，世界上竟然有容貌完全相同的人嗎？

她已經走近他的身邊了，她故意斜睨他一眼，他正好低下了頭，使她無法辨認清楚。於是祇好裝作若無其事地走了過去。

她忽然又覺得，這個人就是他了！為了好奇，為了要解答這個謎，她猶豫了一下，便返身往回走。可是當她走到剛纔他工作的地方時，他已經鑽到車子的下面去了；他的腳伸出車外，腳上穿著一雙破舊的軍用皮靴。

她正要走過去，這個人在車底下叫起來：

「麻煩你將葉子板上的鉗子遞給我一下！」

她略一思索，隨即將他所需要的工具遞到他從車底下伸出來的手上。

她忍住笑。她想：他一定看錯了人，或者將她誤認為他的助手了。

「謝謝你，呃——」她正要舉步，他接著說：「請等一等，我馬上就可以修好了！」

不知道是出於一種甚麼心理，或者說她被一種甚麼奇異的力量所攫住了，她站著，感到有輕微的紛擾，因為她從未經驗過這種事情。

半晌，那個人用一種敏捷的動作爬出來了，他站了起來，面對著她。

「啊！」她掩著自己的嘴，怔住了。不錯！正是他！

「妳大概是忘了吧？」他放好工具將手上的油污揩在烏黑的工作服上，微笑著說：「我們是在一個舞會裏經過正式介紹認識的。」

她永遠記得他這種微笑，但，現在她找不到那種特殊的傲慢而浮誇的意味。

「嗯，是……是的！」她昏惑地應著。

「我還記得妳姓梁，是嗎？」他說：「我的，妳不會記住的，我姓易，易大德！」

她說不出話，而他也並不要求她說話。

「當妳經過我的面前，走了過去，我以為妳一定不會再回過頭來的，」他笑得更自然了。「你信不信，我在心裏向自己打賭，結果——」

「怎麼樣？」她聽見自己在說話。

「我承認自己觀察錯誤，因為妳又回來了！」他認真地回答。

梁若榆的嘴角泛出一層淡淡的笑意，她對這個男人的厭惡和陌生，在這段短短的談話中不自覺地消失了。

「這話怎麼說呢？」她好奇地問。

「我說了，妳不會生氣嗎？」他只略為頓了頓，便說下去：「我始終以為妳是一個既高傲而又不易親近的人！」

「……」

「妳還記得妳在子蓉面前對我的批評嗎？」

「哦，她告訴你了！」

他溫和地點點頭。

「那天我忘了警告妳，她是甚麼都跟我說的。」

她也忍不住笑了起來，不過，笑裏有點苦澀和愧疚。

「那麼，」停了停，她問道：「你承認你現在的觀察是正確的了？」

「那當然啦！」他不假思索地回答：「妳也許不信，對任何事情，我只允許自己犯一次錯誤——哦，」他像是想起了甚麼事，於是說：「如果妳願意的話，請妳等兩分鐘，我就出來，我們可以繼續談談！」

說著，他並沒有徵求她的同意，便跳上吉普車，將車子駛進車廠裏去。

她仍然站在原來的地方，她霎時間忘了自己剛纔和這個人談了些甚麼話？而現在自己等他出來幹甚麼？這是非常神妙的，這短短半分鐘的談話在她的心目中所引起的變化簡直令人不可思議，她幾乎懷疑這是虛幻的夢境。

但，這絕對不是夢境，易大德已經從車廠裏跑出來了。

他將一件和身上的工作服同樣油膩的皮衣搭在肩上，他告訴她：他已經向車廠請了一個鐘頭的假，提早下班。同時聲明這種情形是很難得的。

「因為和妳談話是一件很愉快的事。」他說，便開始向前面走起來。

她馴服地走在他的旁邊，而且不斷地偷偷斜著眼睛去偷窺著他，她心中驀然升起一個奇怪的思想，因此走了一小段路，她終於忍不住用一種低緩的聲音問：

「我可以問一件關於你的事情嗎？」

「我？」他叫道：「為甚麼不可以呢！」

她反而猶豫起來了，她一時不知道自己該不該說出來？說出來會不會引起對方的難堪？但，她愈來愈相信自己這個假定——雖然，她不能從他的神情中獲得證明，可是，除了這個原因，她實在無法將一個衣冠楚楚的公子哥兒和身旁這個滿身油污的機器工人連結起來。

「說吧，」他催促道：「我相信妳這個問題一定非常有趣。」

「有趣？」

「難道還會是一個頭痛的問題嗎？」

她重新擡起頭，憐惜地望了他一眼，然後困難地說：

「你的環境，最近……呃，發生過……甚，甚麼不如意的事情嗎？」

他完全聽不懂她的話。如果要她再說一遍，她是絕對不會有勇氣的了；她著急地比著不必要的手勢，但說不出話。

「不如意的事？」他不解地重複著。忽然，恍然大悟地笑起來。「啊，我明白了！沒有，非但沒有，而且還可以說是一帆風順！」他望著她的眼睛，繼續說：「妳想，在臺灣只有我一個人，家人都在大陸，連半個親戚都沒有；我半工半讀，唸完機械工程；畢業之後，受完預備軍官訓練，我便找到這樣一個理想的工作，我等於在一邊實習一邊在賺錢，晚上我還教兩個鐘頭的課，增加一點收入。這樣，一年之後，我便能存夠錢開一間——先開半間，半間小小的五金修理店；當然，這家店還要慢慢擴充修理電冰箱、收音機，甚至更複雜一點的電機。這些我都懂得一點。總之，三年之後，我要有一個小工廠的理想就要實現了！」

她靜聽著，被他這種坦率而肯定的話語感動了。

「我相信你一定能夠實現的。」她虔誠地說。

「妳怎麼會這麼肯定呢？」他奇怪地回過頭去望望她。

「你應該比我更清楚吧！」她微笑著回答。

「是的，我應該比妳更清楚，」他也笑了，然後又回過頭去眺望著路的盡頭。「我是很信任自己的。」

「也許太信任了。」

「也許——但，這不能算壞事呀？」

「對你自己不是，可是對別人……」她忽然發覺自己不應該說這種話，尤其是在他的面前；她和他纔第二次見面呀！可是，她又似乎完全忽略了這些，甚至可以說她根本沒有這樣想過；她只覺得她很想說話，她覺得他們的談話是自然的，像是面對著一位久別的知友，無所隱瞞，這種傾吐就是一種無可比擬的快樂。

「我傷了妳的自尊心了嗎？」他半真半假地低聲問。

「今天沒有，不過那天……」

「啊，那天，」他截住他的話：「那天不能算數的，那天的我只包含有最少的我——只是我的身體，我的身體去參了那個舞會而已！」

她真的聽不懂他的話，但不想去問，而他也無意解釋。他們沉默地走了一段路，但這種沉默並不使人煩悶，他們彷彿正需要一點點時間重新整理一下自己的思緒似的。橫過一條馬路，他忽然回頭過去望她。

「你知道，在參加那個舞會之前，我已經見過妳嗎？」他說。

她搖搖頭。

「在新公園，」他提醒她：「我們剛打完球！」

「哦……」

「我一直在注意妳，」他自嘲地笑起來。「我也不知道為甚麼會這樣注意妳。」

「是不是我像一個你認識的人？」

「我最討厭這種藉口！我只覺得，我從來沒看見過妳——唔，不對，這也不是理由；我想，大概是因為我覺得妳有點憂愁，一個女孩子有點憂愁是很吸引人的！」

她低了頭，但除了快樂，有一半的痛苦是被他這句話引起的。

他們又默默地走了一段路。她驀然發覺他並沒有跟她一起走，於是回轉身，發覺他定定地站在後面望著她笑。

「妳看妳在想甚麼心事，」他說：「如果妳不發覺，我就讓妳走得遠遠地再叫住妳。」

「為甚麼呢？」

「因為，」他指指路邊的一間小木平房，莊重地回答：「這就是我的家了！」

這時她纔發覺他們已經走到上海路靠近臺大法學院那一段；這一帶的房子都是無計劃地搭起來的，簡陋而凌亂，可能都是違章建築。

看見她這樣呆呆地望著，他解釋道：「這間小木屋是我自己蓋的，只請了兩個小工幫忙。」

她像是不肯相信地望望他，他露出一種謙遜而溫暖的笑容。

「照理，」他認真地說：「一個女孩子是不應該到一個還不十分熟識的男人的家裏去的，不過，我依然非常誠懇地請妳進去坐坐。我敢保證，在我這個地方，妳是絕對安全的！」

「你好像把我當小孩子！」她分辯。

「妳錯了，如果妳是小孩子，我便用不著說這些話，我還可以抱著妳進去！」

她羞澀地從他的眼睛中逃開。

「請吧！」他反手去解開矮籬的門扣，說：「這種房子有一個好處，用不著蓋高牆。」

她走了進去。木屋的門前有一塊小小的草地，中間一條磚舖的小徑，邊上種了幾株高大的美人蕉。

「這是我的花園，」他用一種調侃的聲音說：「這邊是東園，這邊是西園。」

接著他向她說：以後他要在那些空的地方種植一些花卉，現在正研讀有關園藝的書籍。

「也是三年計劃嗎？」她笑著問。

「但和工廠的計劃不同，」他低緩地回答：「我不想離開這個地方，雖然它小了一點，但對我正合適。你信不信？那些喜歡由小房子搬大房子的人，連愛情都是不真實的！」

她用不著表示甚麼，他已經開了門。

屋子裏，只有一間房子：如果說是臥室，便大了一點；如果說是客廳便小了一點——其實，按照比例，也不能算小，因為它的裏面，有好些一眼便看出是它的主人手製的、粗笨而式樣新奇的小傢俱，堆滿了每一個角落；使人發生一種凌亂的感覺，不過，這種凌亂並不使人煩燥，如同一間開了五十年的小雜貨店，它的每一樣東西，都是合理的；如果不這樣擺，便會破壞了它特有的情調。

她環顧四周，當她正要替這種情調找一個合適的名詞時，他說話了：「純男性的！」他將椅背上的襪子和幾本書拿開。「我知道你從來沒有到過這種地方。請坐。」

她並不坐下來，她走過去摸摸那隻塞滿了各種書籍的書架。

「我自己做的，」他說：「這些東西的樣子是不是很蠢笨？可是我喜歡它們！它們很結實，如果木頭上塗過防腐劑，我擔保它們一定能用一百年！」

她笑了，但這種笑是誠實的。

然後，他向她介紹自己裝配起來的四用收音機：可以當書桌，上面裝有小電鐘和一隻舊式電唱頭；他收集有許多唱片，古典爵士他同樣喜歡；還有，他用竹片做的自動百葉窗，瓦罐改成的檯燈，幾件並不怎麼高明的雕塑，衣架，最後，他拉開一隻嵌在牆上的食櫥。

「這是我發明的防鼠食櫥，可以申請專利吧？」

「每一樣都可以。」

「真的？好，我再讓你看一樣東西——這是我在研究的瓦片，一種最理想，最便宜，最美觀的；裝卸不麻煩，不怕颱風，絕對不漏雨，除非是它破了！」

她認真而耐心地觀察著他的每一樣東西，還提出一些問題，他就像一個最精明的貨品推銷員，詳為解釋。最後，介紹完了，她深深地吁了一口氣，在椅子上坐下來。

「真是不可思議！」她低喊道。

「你說的不是精神方面吧？」

「精神方面的，」她望著他。「你也願意這樣介紹嗎？」

「當然，」他伸出他的手指。「不過慢一點，我們可以煮壺咖啡，慢慢地談。」他到食櫥裏拿下一罐咖啡，遞給她。「這樣，你來煮，讓我到後面去洗一把臉，換下這一身髒衣服——你不會煮嗎？很簡單，放三杯水，插上電插頭就好了。」

他拿了衣物到屋後去之後，她照他所說的做了，然後細細地想剛纔所發生的一切事情，她有一種奇異的，從未有過的激動；因為這些事太不可能了，太神妙了。

他出來時，已換上一套潔淨的便服，頭也梳理過了，容光煥發。她注視著他，忽然覺得有點難為情起來。

這個時候，他纔發現屋子裏的東西變了樣。

見他皺皺眉，她搶著問：

「是不是我已經將女性的意味帶進這間屋子裏來了？」

他搖搖頭，說：

「我不是在想這些，我發現你比我想像中更能幹，我以為你連掃地都不會的——現在的女孩子以為不會煮開水是一件非常光榮的事，我時常聽見她們這樣說。」

「你沒有發現的還多著呢！」

「不要緊，以後有的是機會，你的優點和缺點都逃不了！」

她不再說話了，在這一瞬間，她驟然對這一切——連自己也在內——感到陌生起來，她覺得奇怪，甚麼力量使她對這個人的觀念改變過來的呢？她有點茫無所知，她陷入一種神妙的激動中，使她忽略了一切……

她馬上回復過來，她發覺他在對著她微笑。

「妳又在想甚麼？」他溫和地問。

「沒有，」她掩飾地回答：「甚麼都沒有。」

他不再追問下去。

咖啡煮好了，香味充滿全室。他們對坐在小木箱前，他告訴她這罐咖啡的來源：是錢子蓉送的，她知道他喜歡喝而又捨不得花錢買；她一共送了他兩罐，現在只剩下半罐了。

「我平常是不大捨得喝的，」他向她解釋：「除了有特別的事，要不然我就看看它聞聞它……」

「別把自己說得那麼可憐好不好！」她笑著截止他的話。他驚異地接下去：

「可憐？我以前連看連聞的機會都沒有呢！你不知道，我吃過很多苦頭！」

於是，他開始告訴她關於自己的事，像是敘述著一個他所最喜愛的故事；他的神情有一點倨傲，以及因回憶而引起的惆悵。但，他卻阻止她說話。

「今天主要的，是讓你認識我，」他說：「當你認為我是一個你值得交往的朋友時，我自然會有機會聽妳的——因為我要慢慢地聽，每次只聽一小段，從妳有記憶的時候開始！」

她的臉跟著微微的紅起來了。

「你真是一個怪人，」她誠摯地說：「那天晚上你走了之後，我曾經在背後罵你呢！」

「這個我知道。的確該罵，連我都在罵我自己！」

「真的？」她奇怪地問。

「怎麼不是真的？」他解釋：「為了要到這種講究禮貌的地方，我不得不將自己扮成一個體面的人，不得不勉強自己去和那些人講究我最痛恨的禮貌；在我，這是一件非常痛苦的事，因為我隨便慣了，我不大肯受拘束。那天晚上，也許我痛恨自己比妳更甚。但，老實說，我的思想還不夠超脫，我離不開人羣，所以，我也得接觸接觸一些人們高興做的事，於是，為了不願意掃別人的興，我買了一套能將自己偽裝成和他們一樣高貴體面的衣服，只買得起一套；我得浪費一些時間去整理頭髮，再戴上我父親遺贈的金錶，然後再裝出滿臉不在乎的樣子，就這樣——」他攤開手，吁了一口氣，繼續說：「這是很容易的，讓別人厭惡你並不是一件甚麼困難的事！」

…………

這天，梁若榆玩到黃昏纔離開易大德的小屋子。

二十

如果說錢家在這幾年之內，除了主人的去世，始終沒有發生過甚麼太嚴重的事故的話，那麼梁若榆這件事可以說已經在這個家庭裏引起了極大的騷動，雖然梁若榆本人毫無所覺，但她的確已經被介入這件事情之中了。

錢太太根據了好些老年人的看法，反對這件事。那天當梁若榆告辭之後，她便單獨和兒子開了一次非常不愉快的談判；她將她的想法告訴他，希望他能聽從她的勸告，放棄梁若榆，同時她也向他暗示：金家碧纔是最理想的人選。

「你要知道，家碧很喜歡你！」當時她這樣說。

「你又怎麼知道梁小姐不喜歡我呢？」錢聖謚沉鬱地反問，因為他發覺自己的尊嚴已受到侮辱，愛情的尊嚴是高於一切的。

錢太太由於無法回答兒子這句話，所以她特別對兒子這種不快活的意態加以指摘，因為「他從來不敢這樣和我說話的」！她頓了頓，隨即批評他們這種「喜歡」——她不肯說「愛情」，這兩個字是不正當的，不名譽的，甚至裏面還包含有甚麼罪惡。

「她喜歡的是我們家裏的錢！」母親昏亂地叫道。

「妳這樣說太……太沒有根據了！」兒子急急地辯護：「我……我相信她絕對不是這種人！妳也應該看出來，她不是這種人！」

其實，說這句話並不是母親的本意，祇是一時情急而已，但現在她又不能否定這句話，所以她故意岔開說：

「你不相信？你現在連你媽媽的話都不相信了！」

「媽，」兒子緩和地喊她一聲，然後困難地解釋：「我不是這個意思，我祇是說……」

談判祇好暫時中斷了，因為錢太太已經開始痛心地哭泣。錢聖謐坐在一邊，絞著手，默默地望著她。

這就是眼淚的用處，當做母親的傷完心，收了眼淚，重拾這個話題時，兒子已經沒有適纔那麼激動了。她開始分析梁若榆的相貌，說甚麼「太薄」，是苦命相，而且身體也不好，可能是個藥罐子等等。當然，她的語氣也改變了，目的祇是要他相信：萬一討了她，他非但得不到她的照顧，反而要倒過來照顧她。

為了不願繼續這種談話，錢聖謐不再說甚麼，而且說目前他與梁苦榆祇是普通的朋友，一切都談不到。這種話總算是安了母親的心。為了要彌補自己與兒子之間因這件事而產生的裂痕，她最後故意表示她仍然是歡迎梁若榆的，祇要不發生其他的糾紛，他可以請她來家裏玩。

錢聖謐不置可否地支吾過去。但，從此之後，他沒有再找過梁若榆；和妹妹在一起，他也極力避免提起這件事。錢子蓉早已猜透了內情，也不便問他，祇好以一種同情而憐惜的眼色看著他每天躲在自己的房間裏生悶氣。

起先，這種情形還不十分明顯，可是再過一個時期做母親的開始著慌了；惟一可以使她安心的，就是兒子對她的態度仍一如往昔，祇是比以前更沉默而已。如果是以前，小李至少還可以替她略盡棉薄，陪陪錢聖謐散心，可是現在他已經有一個夠他忙的職業了；雖然他仍然每天到錢家來，但，所談的不外乎「亞細亞貿易公司」的業務，以及一些關於「金伯伯」的私事。很明顯的，他對於這個家庭的重要性已經開始從錢聖謐轉移到錢太太的身上了；和錢聖謐在一起，他已經沒有以前那麼奉承巴結，祇是談些不相干的話，敷衍敷衍而已。對於梁若榆這件事，他也就索性假裝不知，他知道他也不會找他談，因為目前的情形，他已經從錢太太那兒打聽得非常清楚。他以為錢聖謐這種落落寡歡的樣子，祇是一種姿態，甚至是一種要挾他母親的手段；他以為自己了解錢聖謐，他料定他耐不住寂寞，而且他做事沒有恆心。

可是這一次出乎他的意料之外，錢太太也不得不著急起來了。她怕她的命根子會因而積鬱成病，在以前那些描寫才子佳人的章回小說上，這些例子屢見不鮮；當金家碧連續地在錢聖謐的面前碰過幾次不軟不硬的釘子之後，錢太太覺得她必須改變自己的策略了。

這天，她按例親自送早餐到兒子的房裏去，錢聖謐已經起牀了，他穿著一件白色的瓶口領毛衣和一條灰色法蘭絨西褲，正站在窗前望著園子發呆。

她一時反而不敢去驚動他，而他回過身來了。

他淡淡地招呼了她，然後坐下來開始吃早餐，她替他收拾被褥，但眼睛卻在偷偷地偵伺他的神態。早餐吃完了，她剛要開口，他已搶先說：

「我要出去一趟！」

「去吧。」她說。

她屏息著，因為這是二十天以來他第一次要到外面去。

「唔，我已經想過了，」他回答，聲音堅決而冷靜：「我要去找梁小姐。」

錢太太怔住了。他繼續以原來的聲調說。

「不要等我回來吃飯，我也許就在外面吃。」

說著，他順手拿起搭在椅背上的皮夾克，走出房間。

他走到街上，微微感到些兒寒意，路旁的梧桐葉在風中滾動，情調有點落寞和蕭索。他緩緩地走著，心中並沒有攫捉住任何一個思想，他惟一感到的，就是這短期間內的默想，使他對一切事物的看法都不同了，當然，這種不同並不顯著，因為他也實在找不出不同的地方，祇是他直覺的告訴自己：他應該不算是以前的錢聖謚了。

他曾經渴望過，有一天他能夠為自己做一點事，決定一件事情，而現在他這樣實行的時候，纔覺得這並不是一件甚麼困難的事，想想以前的那些日子，他苦澀地笑起來。

「我還以為自己永遠離不開小李呢！」他在心裏說，不過，他極力在避免將這個問題牽涉到母親。他並不恨她，他雖然也有怨懟，但和母親對他的愛比較起來，變成一些不足道的事情了。

他就是這樣一個人，他不會因為恨一個人而忘掉那個人的好處。相同的，拿金家碧來說，他時常因她而自疚，除了一些由於家庭教養和環境所形成的壞習氣，他承認她仍然是一個很可愛的女孩子，再加上童年時代的一些美麗的回憶，有時他真的相信了母親的話，以為自己和她在一起纔是最理想的。但，當心中那個強烈的，那個新的意念開始鼓舞他的時候，他重又「堅強」起來。為了要反抗這個家庭的愛的束縛，他又不得不找些理由去解釋這件事，他認為即使是錯，他也得冒這次險的。

他轉入南京西路。漸漸有點緊張起來，不過，他感受到這種緊張中所擁有的快樂，他不斷地安慰著自己，要自己能夠鎮定而清醒地應付這件事，他希望自己能夠將心裏要說的話完全向她表露出來，他認為這是他僅有的一個機會，不然，他會強迫自己放棄這件事，就像這些天來他強迫著自己忍受這無窮的寂寞一樣。

他確信自己能夠這樣做。儘管他如何拿定了主意，但當他到了那條巷口，他忽然猶豫起來，他忽然以為自己這樣做是多此一舉，是一件錯誤的事情了！

命運的轉捩大多數是發生於一些小事故的，幸福和痛苦往往並不是分開兩邊，而是混雜在一起，讓你無從選擇。

現在，錢聖謐就站在它們的面前。還沒有時間讓他決定該怎麼辦，他已經看見梁若榆和易大德從巷子裏走出來了。

他雖然和易大德並不十分相熟，但他認識他，易大德在學校裏比他高兩年，而且是最出風頭的體育健將。現在，他們在談笑著，樣子很親密，正向他站立的地方走過來。

錢聖謐楞著，霎時間他失去了思想的能力，直至他們快要走近他時，他纔醒覺過來，幸好他們並沒有看見他，他借著一輛三輪車遮住自己，連忙轉過頭去。等到他們走遠了，他纔回過身，望著他們的背影。

是悔恨？是絕望？是痛苦？還是一種甚麼情緒？他分不清。總之，愛情的幻滅，以及被損害的自尊的創痛掩蓋了一切，他激動得渾身顫抖，他感到體內的血液在熱燒，血管在膨脹，當他發現路人在好奇地望著他時，他連忙回身向前走，他急於要找一個地方把自己躲藏起來……

他不知道自己是怎麼回到家裏的。

他的那副慘白的面容和可怕的神色嚇壞了錢太太。最初，她以為他受了寒，或者是得到了甚麼急病，但，當他躺在牀上，將剛纔發生的整個事情想起來，而用一種生澀含糊的聲調向她說，他已去看過梁若榆時，她纔意識到發生了甚麼事。

「我看見她了！」錢聖謐喃喃地重複著這句話。

母親並不追問，她心中有一種奇異的快樂。她認為這件事情是遲早必須要解決的，解鈴還是繫鈴人，現在從他的神色看來，他剛纔和她一定發生了甚麼不愉快的事，甚至說不定已經鬧翻了。

「要不然，他不會這樣的。」她安慰著自己，然後去安排一切能減輕他的痛苦的工作。她知道這個事件的嚴重性，她很沉著應付，讓他能安全地渡過這個痛苦的——可能比上一次更長的時期，直至他能將她完全忘掉。因此，她替自己作了一個打算，就如同那年丈夫去世之後，她所想的一樣；當然，她也知道這並不是一件輕而易舉的事，除了自己應付出的整個愛的心靈，她還得祈求她所信仰的觀音菩薩在冥冥中能予她一種力量。

但，卻出乎她的意料之外：第二天的早晨，當她做完佛堂裏的早課走出來的時候，她看見兒子已經起來了，正在安安靜靜地靠在大沙發看報紙。

「媽，您早。」他安詳地說。

她怔了一陣，纔說出這句話：

「你為甚麼不多睡睡呢，連子蓉都還沒起來吶！」

「我昨天睡夠了，」他說：「現在我覺得很餓。」

當母親忙著要去替他弄早點時，錢聖謚說他已經關照過阿美了。同時他說：

「您以後用不著把早點送到我的房裏。」

母親失望而疑惑地望著兒子的臉，心裏在分析他這句話的含意。

「我可以下來吃，」他解釋道：「我已經很大了，我覺得自己應該能夠照顧自己了！」

她沉吟半晌，然後喃喃地說：

「是的，你已經長大了——大到用不著我來管你了！」但她後面的那句話沒說出來。

錢子蓉下樓來了，她對於錢聖謚這種像是從來沒有發生過甚麼事情似的態度也大感驚異，因為他昨天發生的事情阿美已經告訴過她了，其實，她也早就料到；梁若榆和易大德要好的事情她早就知道了，祇是沒有機會，而且不忍心坦白地告訴她的哥哥而已。

等到母親離開客廳之後，她低聲向他說：

「我們到園子裏走走好不好。」

他想了想，隨即站起來，跟她走出客廳。

出了露臺，她正色地說：

「我要問你幾句話。」

「是不是關於梁若榆的？」他反問。

「你怎麼這樣敏感呀！」

「我知道妳要說她。」

「不能說嗎？」

「可以說，不過不必再說，這些都是過去了！」他苦笑著微微仰起頭。「我昨天纔發現我愛的是甚麼！」

「……」

他突然回過頭來望她。

「我愛的是我的幻想！」

他那種認真的神態引得她笑起來，她說：

「你跟我來甚麼文藝腔腔呀！」

他也笑了，但，笑裏有另一種意味。

「我知道妳會笑，」他用同樣的聲調說：「真的，不騙你，一夜功夫，我好像老了十歲！」

「大了十歲，不是老了！」她更正他的話。

「二十二歲了還不能說大嗎？」

「好，不談這個——我們還是回到正題，你……」

「我們最好不提這件事。」

「你失戀了？」她挑釁地問。

「不是，」他搖搖頭。「我覺得梁若榆是一個這樣好，這樣完美的女孩子，所以我不應該再去愛她。」

「這怎麼說呢？」錢子蓉困惑地問。

「呃，我不曾說，」他打著不必要的手勢。「我祇是這樣覺得就是了。」

「難道沒是一點原因嗎？」

「原因就是我已經了解自己了。」

「這種話可不能這麼早說啊。」

「妳看好了。」

「這是第幾次？」

「最後一次。」

「好，」她吁了一口氣。「說老實話，我真的希望你能夠這樣；拿得起，放得下，像個男人！」

他想問她這句話的用意，她不是曾經鼓勵過和幫助過他，讓他去愛梁若榆的嗎？但他又忍住了。對！要像個男人！

「我們進去吧。」於是他說。

纔走兩步，錢子蓉忽然說。

「我還要告訴你一個消息。」

「誰的？」他隨口問。

「金家碧。」

「她怎麼樣了？」

「她要到臺中去住讀了！」

「是不是去讀那個尼姑學校？」

「不要說得那麼難聽好不好。」她笑著呵責。

「又是金伯伯的意思？」他繼續問。

「這次不是，」她回答：「這次是她自己要去的！」

「好啦，這次倒可以抓到機會露露兩句洋文了！」

「你別這麼說，」她接住他的話：「她現在這種毛病早就改掉了，你不覺得嗎？」

最近金家碧說話不大夾洋文，錢聖謐也發覺的，不過，他不明白他的妹妹為甚麼忽然會同情她來。

他沒有開口，她已經說話了。

「她很可憐，」她輕喟地說：「現在我纔覺得她可憐！你記得嗎，她剛剛從香港來的時候，我恨得她要死！」

「現在你不恨了？」他插上一句。

「我們到底還都是女人呀！女人的事，祇有女人纔能了解——真的，我覺得她跟我倒真的有點相像。」

「跟你相像？」

「怎麼不是呢？她在家裏，也是沒有人關心她的！」

錢聖謚緩緩低下頭來，他的心中有說不出的羞愧，他知道她所說的是非常真實的話；他覺得，雖然並不是他奪去了母親的愛，可是他認為自己多少應該負一點責，至少他應該關心關心她。

但事實上他並沒有做到這一點，相反地，妹妹反而處處關心他，幫助他；所以當錢子蓉說出這句話時，他也同樣地感到痛心，而且，對金家碧的處境，也似乎開始同情起來。

「是的，」他低聲說：「這點我也知道。」

她寬慰地笑了，因為她看見他的臉色驟然陰暗下來。

「別想這麼多，我是隨便說說的，」她說：「我祇希望你在她走之前，對她稍稍好一點。」

「我是不是對她很壞？」他問。

「你自己也許不知道，要是我是她，我早就不進這個家了！」

「哦，」他咬咬下唇，他極力去想想金家碧曾經和他發生過的那許多事情；但，所想到的，祇是童年時代的一些片斷的回憶而已，他覺得他對她十分陌生，陌生到一無所知。他忽然有要重新了解她的衝動，不過他並不表露出來，就像他將永遠隱藏對梁若榆那份深摯的愛一樣。

「我們進去吧。」他再度向望著他出神的錢子蓉說，聲音中有一種抑制的顫動，使他敏銳地窺察出他的內心原是那麼矛盾、紛擾與不平和。

二十一

顯而易見的，易大德的小屋子裏，那種女性的意味愈來愈濃了；但，這種意味並沒有破壞它原有的氣氛，祇是使它更調和、更美。

梁若榆很喜歡留在他的屋子裏，因為在這個地方，她會受到一種最親切、最不受拘束的接待，她的自尊是永遠被保護的——甚至可以說她根本用不著考慮這個問題；這是一種毫無煩擾的生活，但也是最真實的生活；她從他那兒聽到真純而平易的讚美，她要去了解他，同時也願意讓對方了解自己。因為在易大德的思想裏，一切都是美好的、樂觀的，她從他那兒獲得一種新的勇氣和啟示，沾染到他那種滿足和歡樂。

現在，她除了伴奏鋼琴，還找到兩個家庭教師的工作；這樣一來，她可以說是相當忙的。不過，她懂得安排，宛如一首旋律優美的曲子，她將時間變成了悅耳的節律，而將最美的那一部份，留著和他在一起消磨。

按例，每天夜裏，當她從學生家裏上完課出來，步行十分鍾，便到易大德那裏。這個時候，梁亦雄的補習時間也結束了——易大德替他在車廠裏找到一份工作：當他的助手。待遇雖然很微薄，但至少要比整天讓他閒在家裏好，而且，當他們一起從車廠下班之後，他多半都是跟著易大德回去，在他那兒吃晚飯。然後，易大德便替他補習功課，作投考高中的準備，就這樣，等到梁若榆來了，他便回自己的家去。但，也並不是永遠如此刻板的，假如是星期天，或者是有興緻的話，他們三個人便會一起到街上去看一場電影，或者吃吃小館子，散散步。

這天，卻是一件非常特殊的事情，為了這件事，梁若榆和易大德計劃了很久：在她，這件事情是非常重要的，因此她免不了有點慌亂。她每天祈禱希望這件事能如她所想像那樣順利完成。他對這件事的熱心使她非常感激，他不斷地勸慰她，同時要她不要過份認真，因為事情萬一不如理想的話，他怕她受不了這份打擊。

「反正以後還有很多的機會，」他說：「總會有一天成功的，祇要你有這信心。」

她相信他的話，但，卻無法抑制自己為這件事情的到來而激動。

它終於到來了。梁若榆這天請了假，在下午六點鐘之前便緊緊張張地趕到車廠去。易大德和弟弟下班出來了，她連忙迎上去。

「我害怕死了！」她說。

「有甚麼好害怕的？」他捉住她的手，問：「家裏的東西準備好了？」

她點點頭。

「沒讓他們發覺吧？」

「當然啦！你以為我真的那麼笨！」她笑了。「我們現在就去吧！」

「好，」但並沒有馬上走動；他略一思索，然後說：「這樣，我們分頭去；亦雄去拿蛋糕，我們一起去買東西，在家裏見面。」

從車廠走出來，開始，梁亦雄便急著要和他的姐姐說話，現在纔得到機會；照他本來的牛脾氣，他會索性一句話都不說的，可是，現在他甚麼都顧不得了，他將一小疊拾元一張的鈔票拿出來，在姐姐的面前揚了揚。

「姐姐，你看！」他驕傲地說。

「你那兒來這麼多錢？」做姐姐的驚異地問。

「薪水呀！兩百塊！」

她不敢相信，她望望易大德，他對她微笑。

「我要給媽媽一百塊，自己留一百塊，」梁亦雄接著說道：「我要買一支偉佛鋼筆，賸下的存起來。」

「好的，你去拿蛋糕嘛。」她連忙打發開他。但當梁亦雄走開後，她忽然傷心起來。

看見梁若榆拿手帕揩眼淚，易大德溫暖地勸慰道：

「這你也要難過嗎？」

她展露出一個感激的笑容，然後挽著他的手臂，向前走去。

他們到了大街上，先到百貨店裏買了兩件襯衣，再在一家小拍賣行買了一條黑色鑲有銀絲的毛線披巾，和一副耳環，然後，挾著一種微妙而激動的心情雇了一輛三輪車趕回家去。

在車上，梁若榆呆呆地望著膝上的紙盒，落入沉思裏，她的手輕輕地撫著它們，神態是那麼虔誠，因此易大德也不願打擾她。他們默默地坐著，直至三輪車到達杭州南路，轉入巷子裏時，她纔開始說話。

「你看，」她說，並沒有擡起頭。「這件事情會成功嗎？」

他伸手去按住她的手背，她擡頭望他。

「會的，」他回答：「我想一定會的！」

車子到梁家的門口停下來了，他們下了車。他將買來的東西遞給她，她望望大門，忽然有點畏懼起來。

「進去吧。」他鼓勵地低聲說。

她走進園門，忽然回轉身。

「你呢？」她深情地問。

「我回家去，等你的好消息。」

易大德坐著三輪車走後，梁若榆纔回身走進屋子。

小客廳靜悄悄地，沒有開燈，梁先生顯然是在那間兩蓆大小的書房裏，因為有燈光透出來。梁若榆躡手躡足地捧著東西走進廚房，發現梁亦雄在啃著一根骨頭。

姐姐沒來得及責備，他先解釋：

「我放到碟子上，多出一塊！」他指著桌上的一碟滷菜，證明自己並沒有撒謊。

「你怎麼不說你嘴饞！」她笑著呵責，然後輕聲問：

「爸爸甚麼時候回來的？」

「我拿了蛋糕回來，他已經在家了，不曉得在寫甚麼東西！」

梁若榆想了想，便開始要弟弟在廚房裏幫忙她準備晚餐。為了時間的分配，這天晚上的菜肴都是現成的，她買了一些滷菜，還特意買了幾塊母親最喜歡吃的鎮江肴肉，那兩罐響螺和鳳尾魚罐頭是為父親買的，她還買了一小瓶金門高粱——他很久沒有喝過酒了。她記得他是很喜歡在晚飯時喝一小杯酒的，所以，當她計劃著如何安排今天晚上這個「小陰謀」時，易大德便建議她這樣準備，盡量使這頓晚飯充滿了以往甜蜜的、江南家鄉的風味：因為這是最能打動一個人的心靈的。回憶往往使人分不清愛恨與仇怨——何況這一段回憶是他們的一生中最難忘的！

他們忙了一陣，一切都準備停妥，下麵的水也煮沸了，梁若榆便將剛纔買來的東西分開，將送給母親的那一份交給弟弟，然後再在他的耳邊輕經地叮囑一番。

「我知道！」他有把握地說。

「東西給了她，」她還不敢放心。「話說完，你馬上就要回到廚房來，知道嗎？」

姐姐的嘮叨使他有點厭煩，他連頭也懶得點一下，便捧著那包禮物走出廚房，向母親的臥房走去。

同時，梁若榆也捧著那隻裝襯衣的紙盒，跟在他的後面。她先扭亮客廳的燈，讓弟弟進了臥房，她纔悄悄地向小書房走過去。

當她拉開紙門，走進小書房時，父親正在構思一封信的措詞。他苦惱地搔著稀薄的頭髮，因為他寫了整整兩個鐘頭，撕了好幾張信紙，竟然連兩行都寫不下來。雖然，他心中充塞著好些好些話，他也知道今天是一個最好的機會，他要將自己的心意：歉疚和慰語，坦率地說出來——不，寫出來，給他的太太。他想，在這個值得紀念、愛和寬恕的日子裏，她一定會接受的，難道她忘了嗎？不會。他知道她不會！二十年前的今天，他們由相愛而結合；二十年後的今日，也絕不會為了一些小誤會和口角而分離。

他這時纔覺得自己太意氣用事，太冷酷了一點；他認為自己應該對她忍讓，她到底是一個女人，而且，她還受了這麼大的刺激，身體又不舒服。他愈想愈覺得自己不對，簡直有點無地自容；他將這個家庭的一切不幸的責任，都加到自己的頭上，他以為這完全是因為自己的不能容忍和體諒所引起的。

他隨即站起來，要到太太的房裏去，向她說幾句真誠的道歉的話，但，當他拉開紙門，突然又失了勇氣。猶豫一陣，他覺得還是寫一封信給她比較好，因為有些話，當了面是絕對說不出口的。

可是，他接連又撕了幾張信紙還是寫不下去。就在這個時候，梁若榆走進來了。

他扭轉頭，發覺進來的是女兒，於是連忙將左手的肘拐擱在桌上，遮著那張衹寫了一個稱謂的信紙。他望望女兒手上的紙盒，困惑地低聲問。

「甚麼事情？」

梁若榆猶豫了一下，然後靦覥地看著父親。

「爸，」她將手上的紙盒遞給他。「這是媽叫我送來給你的。」

他怔怔地望著她，像是聽不懂她所說的話。

「媽說，她不好意思親自拿來給你。」她接著解釋。

「啊……」梁先生的喉管發出乾澀的響聲，他遲疑地接下那隻盒子，低下了頭。

梁若榆借著這個機會走出來。在小客廳，她碰見弟弟，他正要向她說甚麼，她一把便將他拖進廚房裏。

「怎麼樣？」進了廚房，她急急地捉住他的手低聲問。

「我就照你要我說的說了，」他興奮地回答：「然後我就把那包東西給她……」

「——她怎麼樣？」

他作一個滑稽的，哭的表情，她笑著制止他。忽然，她聽到外面有腳步聲，於是她捉住他的手，將他拉近廚房的門邊暗示他不要作聲，然後由門邊向外面窺望。

他們看見父親從小書房裏走出來了，他的手上仍拿著那隻紙盒；他在客廳中停下腳步，眼睛注視著臥房的紙門。半晌，臥房的紙門被輕輕地拉開了……

「噢！」梁亦雄低聲叫起來：「我的手！」

梁若榆這纔發覺自己將他的手捏痛了。

「噓！」她警告他，然後又回頭向外面偷窺。

她看見母親在臥房的門口出現了。她肩上披著那條毛線披巾，雙手拿著它的兩角；她定定地深情地諦視著自己的丈夫，眼光閃爍著瑩亮的淚光，她悽然地微笑著。雖然她的意態是那麼沉靜，但她的靈魂在激烈地顫動。甚麼比一個女人忽然發覺自己在被人熱愛著時更幸福呢？甚麼比重拾因自己的錯誤而失去的幸福更令人感動呢。

他們默默地互相凝望著，眼光中充滿了甜美而高貴的情意；因為他們已經覺悟了，已經饒恕了，而且已經將一切忘卻了——那些不幸的憎恨和怨妒完全離開他們了。

「素榆！」他熱切地低喚她的名字。

她的嘴唇扭曲了。驀然，她張開手，向他跑過去……梁若榆回轉身，忽然忍不住飲泣起來。

但，她極力抑制著不讓自己哭出聲音。

「姐姐！」梁亦雄怯怯地叫了一聲，因為他自己被父親和母親這一幕他們所導演的「喜劇」惶惑住了。

梁若榆收住眼淚，她明白自己和弟弟所扮演的角色，他們還有一場小小的戲。於是她揩揩眼睛，向弟弟說：

「好了，我們出去吧！」

「蠟燭現在就點起來嗎？」梁亦雄問。

「出去再點，」她吩咐道：「我捧蛋糕，你唱！」

於是，他們像是一隊小小的慶祝行列，梁亦雄在前面唱著結婚進行曲，梁若榆捧著蛋糕，緩緩地走出客廳。

當這個小行列停止在他們的面前時，梁太太忍不住俯在丈夫的胸前哭起來了。

這是一種最甜蜜的哭泣，其餘的三個人非但沒有感到半點難堪，反而笑了起來。

「好啦，」梁先生輕輕地拍著太太的肩膀，重複著說：「好啦……」

梁太太終於抬起頭，羞怯地向他們笑了。

「這是我跟亦雄送給你們的。」梁若榆熱烈地說，然後將蛋糕遞到他們的面前。蛋糕是定製的，上面有很美麗的花式和用奶油寫的字。父親接過來，默默地端詳著上面的字句，他的嘴唇微微地在顫動；顯然他在思索一句合適的謝語。

梁若榆偷偷地拉了弟弟一把。

「啊，」她說：「我們可以開飯了，今天我們吃麵條——來，你到廚房來幫幫忙。」拖著弟弟進了廚房，梁若榆一時快樂得不知道該做甚麼纔好，她一邊笑一邊淌著眼淚。

看見姐姐那種昏亂的樣子，梁亦雄平靜地提醒她：

「你不是要下麵條嗎，水開啦！」

「哦！」她這纔醒覺過來。頓了頓，她不順嘴地指揮道：「那……那麼馬上去攞桌子，把東西端出去。」

一刻鐘之後，這一家人端端正正地對坐在方桌前吃這一頓非常難得的晚飯；由於心中充溢著太多的快樂，他們除了互相對望而微笑之外，幾乎少說話——但，這種沉靜是溫暖而和諧的，像一盆在冬天裏燃燒的爐火。

又沉靜了半晌，梁先生終於舉起杯子，要敬太太的酒；梁太太起先不肯喝，但梁先生告訴她：神經衰弱並不是病，喝一點酒反而可以使神經鬆弛一下。他說這是從一本雜誌上看來的。於是他們舉杯喝了。接著，梁若榆也拖著弟弟站起來，他們也要為他們的結婚二十週年敬一杯酒……

一些看趣的談話開始漸漸被引出來了，雖然大家的表情上都有一點生硬，但他們的內心是明朗而自然的。當他們第二次互相舉杯之後，抑制了半天的梁亦雄終於沉不住氣了。

「媽，」他急急地將口袋裏的錢全部掏了出來，放在桌上，然後炫耀地說：「你看！」

「你那兒來那麼多錢？」母親困惑地問。

「這是我掙來的工錢呀！」

梁太太瞟了丈夫一眼。梁若榆正要替他解釋，他已經接下去：

「我已經在外面做事情啦，」他得意地喊道：「是易大哥介紹我去的。我當他的助手，他教我，一點也不苦。晚上他還替我補習呢，易大哥說他一定要讓我這一次考取高中……」

「易大哥是甚麼人？」母親接著問。

「易大哥——」梁亦雄頓住了，這時他纔想起父親和母親根本不知道這件事；他們從來沒有注意過他，他也從來沒有將這個月來所發生的事告訴過他們。現在，他望了姐姐一眼，然後以一種懷著詭秘的神態和聲調說：「易大哥是姐姐的男朋友！」

「亦雄！」梁若榆低聲制止。但，父母親的目光已經集中在她的臉上了。她感到一陣灼熱，不由自主地低下了頭。不過，她隨即又把頭揚起來，急急地分辯：

「你們聽他胡說！」

「甚麼，」梁亦雄不服地嚷道：「我胡說？」

父親和母親同時笑起來了。

「這個年紀也該有男朋友啦！」梁先生溫和地說。

「爸！」梁若榆叫了一聲，假裝生氣。可是，這樣反而把他們逗樂了；於是她羞澀地站起來，跑回自己的房裏去。

「若榆。」母親以為她真的生氣了，想叫住她。

梁亦雄鬼怪地向母親使了一個眼色，表示他知道姐姐並沒有生氣。然後，他隔著房間大聲喊道：「姐姐，你跟易大哥說一聲，我今天晚上不去補習了！」說著，他回過頭來望著父母親，壓下聲調解釋道：「姐姐跟易大哥約好了會面，他們兩個人真要好。」

女兒有了男朋友，梁先生和梁太太同樣感到新奇和快樂，同時他們也有急於要明白內情的關切。當然，梁亦雄是非常樂於將他所知的事情告訴他們的；他們忘了吃飯，入神地傾聽他那細膩的，但是沒有修辭和組織的敘述。當他說到易大德這個人長得如何英俊，做人如何誠懇時，梁若榆已經換過一套衣服，從房裏走出來了。

梁亦雄連忙住嘴，有點捉弄意味地回頭望著她笑。

「你嚼舌頭吧！」她笑著斥責：「回頭你看我收拾你！」

「你要出去？」母親關切地問。

「嗯。」梁若榆為難地點點頭，捏著手上的皮包。她一時顯得無話可說，楞了半晌，纔忽然說：「——我走了！」

母親叫住她：

「若榆」，等到她回過頭，她說：「你要請人家到家裏來坐坐，介紹介紹給我們認識呀！」

梁若榆又急急地扭轉身，但她並不馬上走開，猶豫了一陣，她背著他們，用安靜的聲音回答：

「好的，我就去請他來。」

出了巷口，她急急地跳上三輪車，而且老是覺得車子走得太慢。到了易大德住的小屋子的門前，她付了車錢，纔發覺屋子裏沒有燈光。

她非常失望，心裏甚至有點怨恨，因為他說好要等她來的。但，她又想：他可能到外面去買甚麼東西，他是很守時的，也許他馬上便要回來的。於是，她走入小園，正想用身上的那把鑰匙去開門時，門竟是開的。她走了進去。

「大德！」她在黑暗中喊道。

「嗯，我在這裏，」她聽見易大德在黑暗中回答。

「電燈壞啦？」

「不是。你不要動，閉起眼睛！」

「做甚麼嘛？」

「你先別管——怎麼樣，閉了沒有？」

「我閉了。」她真的將眼睛閉了起來，她聽到自己的心在激烈地跳動，她急於要將那個好消息告訴他。

過了一會兒，毫無動靜，於是她問：

「好了沒有？」

沒有回答。她再問一次，依然沒有聲音。她好奇地睜開眼睛。

「啊！」她低喊起來。因為屋裏已經有亮光了——一支小小的蠟燭在閃耀著，它被插在一隻小到不能再小的小蛋糕上，放在小木箱的當中。

她發現他並沒有在屋子裏，於是回身去找。她剛一轉身，便被靜立在她身後的易大德擁抱住了。她沒有反抗，她祇感到窒息和極度的暈眩，最後，她的嘴接觸到他那溫暖的柔潤的唇。

彷彿一切都離開了她，但她的生命又像是正被注入一種燃燒的狂熱的原素，她覺得自己快要溶解了……

她掙脫他，嗄聲喊道：

「你……你聽我說！」

「我已經知道了！」

「大德，你先聽我說！」

「不！應該妳先聽我說，」他截住她的話，真摯地說：「在這支小蠟燭熄滅之前，我要告訴你……你不覺得這是一個值得紀念的日子嗎？」

他們同時回過頭去凝望著那在閃閃的燭光。

「若榆！」他溫柔地低喊道。

「唔。」她幸福地闔上眼睛，應著。

「我愛你！」他說，然後再去吻她，燭光就在這個時候熄滅了。

二十二

聖誕節到了。

這一個月來，除了氣候和金家碧去臺中外，從表面上看，一切都沒有甚麼大的變化。金家碧的急於要離開臺北——那家「尼姑學校」已經放寒假了，而且距離明年開學的時間還有長長的一個月，但仍然無法阻攔她。——在錢子蓉的心裏，以為她的走是完全為了聖謐，其實，並不盡然；錢聖謐使她失望是事實，但並不是使她突然轉變的主要的原因。這件事情，只有金祖灝先生和完全改變了作風的金太太心裏最明白。

最初，金祖灝先生是存心在錢太太身上打注意的，雖然在口頭上他應允了江小姐的要求，但，他肚子裏另有打算。照他的計劃，「亞細亞貿易公司」只是一個幌子，只是讓錢太太安心而已，他不斷揑造一些假的事實讓小李去增強她對自已的信心，等到時機成熟（那就是他所預計的兩個月），他便以一個使她不得不相信的藉口，使她拿出更多的錢，於是，他便溜到日本去。

他懷著這個隱秘，一切都進行得非常順利，公司方面的確有點生意；第一個月，他特地帶了利錢到錢家去結付。他了解女人——尤其是像錢太太那樣的女人，他先要讓她認為自己可以信賴，然後第二步便會易於入手。

但，在另一方面說，他失敗了；而擊敗了他的，不是別人，卻是他自己。這一點他是不敢承認的，他害怕。可是，長久生活在狡詐、虛偽、緊張而不安寧的生活中，使他的心靈中產生一種渴望安全的本能，而這種需求愈來愈迫切，愈來愈使他在決定做一件不義不道德的事情時感到軟弱。江小姐那種純樸而溫暖的意態感動了他，女兒的前途不得不使他略加考慮，而最壞的（以他的計劃來說），卻是公司的業務果然蒸蒸日上，極為樂觀。同時，他也感到生活在一個真實、富足而充滿了人情味的社會中，那份新奇的快樂，他開始為自己以前的思想感到羞恥，因為他已經為尋獲了自己而感到驕傲。因此，幾經考慮，他終於作了這個決定——留下來，一切從頭做起。

也由於這個決定，他在一個晚上和女兒作了一次懇切的談話，他以為他應該這樣做的，雖然他也知道這樣會傷了她的自尊心。

結果，一切如他所料，金家碧突然變得沉默了，也變得更世故一點了。又過了一些時候，她終於向父親提出要到臺中去住讀的要求。金祖灝先生本來要留住她，但又覺得應該讓她去變換一下環境和心情，因此也就答應了。

假如說她是懷著一種痛苦而絕望的心情去臺中，那是不確的；她走的時候竟是那麼平靜而愉快，這就是她父親所不解的地方。其實，原因很簡單，當她到錢家去辭行的那個下午，她忽然感到錢聖謐對她的態度變了，他像是一個最好的朋友似的對她表示關切；他們談了一些話，雙方都忘了他們之間曾經發生過甚麼不愉快的事情，最後，他還應允給她去信。

現在，聖誕節到了，金家碧的信也來了；她給錢聖謐一張聖誕卡，同時說明她願意留在臺中過年的原因——她說，她開始覺得寂寞對她是非常有幫助的，寂寞是平靜的湖面，使她看見了自己。

「但願它對你也有幫助，」她在信的後面寫道：「因為我漸漸發現我們有許多相同之處——我們都是被家庭忽略，被自己誤解的……」

錢聖謐心中有一種奇異的激動，他覺得她的話很對，但，他覺得了解自己並不困難，問題是怎樣去做？

他首先要考慮的，便是他將要傷害母親的心，他明白這就是他的難題；他真希望母親不要這樣愛他，他忽然覺得金家碧比自己更有勇氣、更幸福了。

「至少，」他在心裏說：「她總算為自己決定一件事了——我呢？」

他一定要為自己做一件事！這就是錢聖謐朦朧的意識中惟一清晰的意念，而且，它不斷地沉默和冷漠中形成，變成一種執拗的力量了。

從這天的早上開始，他便若有所得，若有所持地微笑著，當錢子蓉將朋友送來的五光十色的聖誕卡和賀年片在客廳的空隙處陳列起來時，他竟然非常熱心地去幫助她，而且還將前天金伯伯送來的大聖誕樹重新佈置了一下；添了一些銀色紙帶和用綿花裝成的雪片，閃光的小燈泡也換了位置，他將特意買來裝飾聖誕樹的小玩意兒完全掛到那些比較空虛的枝葉上……

「好啦，」錢子蓉笑著說：「夠漂亮啦！」

他退後兩步，對裝飾的聖誕樹端詳了一會，然後問道：

「晚上來的是些甚麼人？」

「都是在鳳山回來過年的預訓班同學！」她回答。

「那麼，莫以葳也來了？」

「嗯。」她幸福地笑笑，然後將一張顏色不大調和的聖誕卡換了一個位置。

「哦——怪不得你忙成這個樣子。」

她沒有分辯。但，忽然望著他說：

「我也請了梁若榆和易大德。」

他頓了一下，用一種微微帶有些兒傷感和勉強的聲音說：

「那有甚麼不好呢？我很久沒看見她了。」

錢子蓉正要勸慰他兩句，小李進來了。

「嗨！」他向他們招呼了一聲，便在門邊站住。他叉著手，打量著客廳裏的佈置。

「看樣子，我是連忙都幫不成了！」他做作地說。

「哎喲，」錢子蓉揶揄道：「我們怎麼敢當呀——李總務主任！」

小李有點尷尬，因為他今天正好換上一套新西服，和那件他曾羨慕不置的鵝黃色開司米「老爺」式的，半長不短的貼袋大衣，腳上穿的是一雙定製的扁頭鞋——完全一副少爺打扮。他不自覺地望望自己，然後求饒地說：

「小妹，妳又何必挖苦我呢！最多，我不過最近託你們的福，混到一口飯吃吃，平常不大抽得出時間來就是了。」

「她說著玩的，」錢聖謐緩和地說：「你何必認真嘛。」

「是的，我知道。」他勉強笑笑，然後將一小包禮物遞過去給錢子蓉：「——小妹，這是我送給你的。」

她遲疑了一下，終於接了過來。

「謝謝你。」她冷漠說。她並沒有馬上拆開它，順手放在小几上。

小李失望地吁了一口氣，然後將一包東西塞給錢聖謐，便借故要到佛堂去找錢伯母去。

總之，小李這天心裏始終沒有舒服過。錢子蓉輕視他，錢聖謐也不像以前那麼需要他，這使他覺得自己在這個家裏有點不足輕重——這種情形使他不安，他害怕以前自己的地位和目前的職業會突然失去，雖然他也知道這是自己的過慮。

而最使他難堪的卻是這天的晚上。

八點半鐘過後，所有被邀請的客人都來了。幾乎完全是清一色的穿著制服——草黃色的呢軍服，相當合身，使這一羣精神飽滿的小伙子們平添一份英雄氣概。他們一堆一堆聚在一起，大聲笑著；他們談論一些軍中所發生的趣事：出操，打野外，某一個區隊長的狗熊脾氣；誰犯過甚麼可笑的錯誤；他們興高采烈地說著，比著手勢和動作……

錢聖謚被冷落在一邊——其實是他自己退到一邊的，因為他們的意態和談話使他感到一種羞恥之感，他怕他們望他，怕他們找他說話。他覺得自己是一個從光榮的戰役中脫逃下來的兵士，這種行為是懦弱和卑鄙的。

「如果我不停學，把大四唸完，」他想：「那麼我也和他們一樣了！」

可是，小李的想法卻與他不同，甚至可以說他根本沒有這樣想過；他覺得他們太無聊，他對他們所談論的事情沒有興趣，他覺得他們沒有甚麼好神氣的，即使是訓練完畢，也只不過是一個預備車官，一個小小的少尉而已。

他又以那種不屑的眼光瞟了莫以葳一眼。錢子蓉正和他親親密密地並坐在牆角的大沙發上談天；他指手劃腳地在說話，她靜靜地望著他笑。

「子蓉不曉得喜歡他的那一點，」他怨妒地在心裏說：「哼，流亡學生——擦黑板的角色！」

他忽然覺得自己很孤獨，於是他跑去和錢聖謚站在一起。雙手大模大樣地插在口袋裏。

「真無聊！」他批評道。

「可是他們很快活呀！」

「哼，快活！」他冷冷地笑了。忽然，他的目光停留在客廳的門口。「——你看誰來了！」

易大德和梁若榆進來了，這些小伙子圍了上去，習慣地用拳捶打著對方的肩頭，表示親熱。錢子蓉也拖著莫以葳同他們走過去，等到這項特殊的歡迎儀式完畢，他們纔走進客廳的裏面來。

錢聖謚木然地站著，並不打算躲避，他只是定定地注視著他們。驀然，梁若榆的目光和他接觸了，她淡淡向他微笑著，點了點頭。

小李站在一旁，發現他的臉色很難看，於是激起了他的「正義感」。他認為今晚他們來參加，全是示威來的，他準備將因莫以葳而起的那一股寃氣和易大德連在一起，痛痛快快地發洩一下，因為他知道他們兩個是要好的朋友。

於是，他不懷好意地向他們走過去，故意參與他們的談話。

易大德表現得十分自然，他根本不知道錢聖謚和梁若榆之間發生過甚麼事，梁若榆當然更沒有告訴他的必要；事實上，他們可以說從未發生過甚麼事。因此，他對錢聖謚極其普通的問話，在小李看來，卻變成一種挑釁的舉動了。

正好易大德無意間問及錢聖謚明年有甚麼大計劃。錢聖謚還沒想到適當的回答話，小李已經抓住了這個機會。

「你也是流亡學生吧？」他故意插嘴問。

「是呀！」易大德困惑地回答：「怎麼呢？」

他輕蔑地哼了一下，然後譏誚道：「怪不得你開口閉口都是計劃！」

旁邊的人對小李這句話感到詫異，但易大德並不著惱，他安詳而懇切地解釋道：

「沒法呀，假如只有你自己一個人在臺灣……」

「那麼你明年又有甚麼大計劃呢？」小李急急地截斷他的話，語氣有點嘲弄的成份。

易大德望了身邊的梁若榆一眼。

「我的祇是小計劃，」他誠實地回答：「我只希望能在甚麼地方開一家小小的電器修理店——小半間店面就夠了！」

小李突然獰笑起來。

「計劃倒不錯，」他提高了嗓調嚷道：「不過，就憑你當一個機器匠，可不容易辦到啊！」

大家突然沉默下來了。因為小李這句不禮貌而且含有惡意的話使他們感到震驚，他們一時不知道該怎麼纔好。當時，易大德本人也聽出小李說這些話的用意，他思索了一下，然後展露出一個倨傲的微笑。

「那當然不容易呀，」他向被激動得臉色有點蒼白的梁若榆望了一眼，像是徵求她的同意似的接住小李的話說：「像我這樣一個小小的機器匠，那簡直就是夢想了！」

小李完全忽略了其他的人的反應。他感到失望，他以為他那句話會激惱易大德，至少要使他感到狼狽的。錢聖謚是連做夢也想不到事態會變得那麼嚴重的，現在連其他角落上的人都知道發生了甚麼不愉快的事了；他們沉肅地注視著他——其實是注視著小李，但，他覺得他們注視著他，像是他們以為他是這件事的主謀人。而最使他昏亂的，卻是梁若榆的那種怨恨而含有責備意味的凝視——他幾乎知道她在想些甚麼！

空氣彷彿突然被凝固起來，難堪的沉默。

易大德笑笑，做一個無可奈何的表情，然後以一種輕鬆的自嘲的口吻說：

「為了不影響各位的情緒，看樣子，我只好告退了！」說著，他很有禮貌地向小李和錢聖謚點頭示意。

小李突然感到慌亂起來，他開始後悔自己的魯莽，就在他要想說一句甚麼話的時候，他看見易大德要轉身出去，梁苦榆忽然拉住他，然後自己向前走一步。

「李先生，」他聽見梁若榆用一種凜然的聲音說：「易大德是一個機器匠，他並沒有否認！我想，你一定因為我喜歡了一個機器匠而覺得奇怪！但是我告訴你，我所喜歡的不是一條寄生蟲，我所喜歡的是一個真正的男子漢！如果你認為你這樣做是對我和易大德的一種侮辱，那麼我也覺得跟你站在一起是一件非常羞恥的事！」

說完，她矜持地返身，挽著易大德的手臂，走出客廳。

接著，客廳裏起了一陣沉默的騷動。莫以葳隨即向錢聖謚走過來，悻悻地向他伸出手。

「再見，」他沉重地說：「我也得走了！」

跟莫以葳一起離開客廳的是臉色難看的錢子蓉。之後，其餘的人也默默地拿起他們的軍帽，一個跟著一個地走了……

最後，偌大的客廳只賸下木然地僵立在原來的地方的小李，悔恨而羞愧得無地自容的錢聖謚，以及目睹一切，昏惑地靠在椅邊的錢太太。

小李愧疚地回頭去望身邊的錢聖謚，但他並沒有注意他，他的眼睛定定地瞪著空虛的廳門，他臉色慘白，神情呆鈍。顯然，他落入一個深不可測的思想裏，半晌，他緊咬著牙，驟然扭轉頭去瞠視著母親，眼色中充滿了痛苦、怨恨、忿怒和絕望——這一瞥包括了他的整個思想，他企求母親能了解能接受他的思想。接著，他突然回轉身，跨著略為急促而堅決的腳步走出客廳。

這一次，小李沒有勇氣追出去。

……

很夜很夜。錢太太還頹坐在客廳的沙發上，等候兒子回來。

錢聖謚終於回來了——他醉著回來。他顛躓地走著，打著酒嗝，一邊走一邊在喃喃地自語著，不時發出一陣含糊的乾笑。阿美是被派到大門外面去等候的，她被他的樣子嚇了一跳。他走入園子時，母親便知道了，可是她站不起來，她緊張地等待著；他走進客廳了，只漠然地瞟了她一眼，便逕自扶著梯欄到樓上去。

她告訴自己，她一定要和他說幾句話，但，當她追上樓去時，兒子已經進了房間，而且重重地拉下門鍵。

她呆呆地站在他的房門前，她不敢伸手去叩門。驀然，她感到疲乏和軟弱，這是她有生以來從未感覺過的。

二十三

新年在一種冷漠而不和諧的氣氛中過去了。錢家籠罩著一層陰霾，預示著將要發生一件甚麼「不幸」的事情。

雖然他們不知道那是一件甚麼事，但，他們卻確信它一定要來的，他們都不肯說出來。錢太太除了在佛事上愈加虔敬之外，對兒子的一切更是加倍關懷；她的意態幾乎是謙卑的，像是一個慣於窺伺主人臉色的奴僕。可是，錢聖謚卻盡其所能地避免和她接觸，接連了幾天，他連吃飯都關照阿美單獨替他送到樓上來；他不說話，不表示任何意見，連錢子蓉都不能把他心裏的話引出半句來。

這天早上，錢太太總算得到親自送早餐到他房裏去的機會。但，當她把托盤從阿美的手上接過來，挾著一種惶恐而紊亂的心情走進兒子的臥房時，她看見他很快地便將身體轉到裏面去裝睡。她楞了一陣，然後勉強自己將手上的東西放下來；她真的要哭了。但她極力抑制著，而且希望自己能夠和他說幾句話——因為她受不了這些天來他那種陰沉可怖的沉默；她並不了解那晚上梁若榆最後的那句話對他有多大的影響？她還以為他仍然在生她阻止他去接近梁若榆的氣，尤其是那晚上梁若榆是陪著別人來的。

可是，她祇是呆呆地站著，說不出半句話；而錢聖謚也沒有把身體回過來。再猶豫一下，她輕輕地吁了一口氣，然後疲乏得像是連舉步的力氣都失去了似的，走出他的房間。

母親出了房間，錢聖謚慢慢地將身體回過來。他下意識地斜眼看了一下房門，心裏忽然覺得有點難過；最近，每當他做一件甚麼違拂母親的意思的事情時，他就有這種感覺；他總覺得自己這樣做是很不應該的，因為他知道母親是愛他的，祇是她的愛過了份，方式不對，太忽略了他的意向以及年輕人的想望而已。

「我的心不能再軟了！」他警告自己：「你不是要做一個男子漢嗎？」

於是他在牀上坐起來，順手將牀邊小几托盤上的一份新生報拿過來。他剛一打開，第一版刊頭下面那一幅套紅大廣告赫然顯示在他的眼前，那是一幅空軍各校聯合刊登的招生廣告，他曾經看見過好多次，他記得他也曾經細細地讀過，不過當時他祇是出於好奇而已。但，現在卻有點不同了，以前他始終認為是絕對不可能的事情，卻發生了無比強烈的誘惑力；像是在絕望中突然找到了他所夢想的東西，他驟然有點不知所措起來，他重複地讀了好幾次，纔明白這些文字的意義。他凝望著窗口——那明亮的窗口，那象徵著生命、熱情、以及燦爛的將來的窗口……

一隊噴射機拖著尖銳的嘯聲掠空而過，他發狂地從牀上跳下來，向窗口撲過去。但，機隊已經被園子的樹木和前面的屋頂遮沒了。他凝望著先明耀目的碧空，心中正澎湃著一種新奇的激動，他酩酊於這個神妙而充滿了力量的想望中，久久，他纔回轉身體，面對著這個熟悉而突然又感到陌生的房間，他打量著每一件家具，很有點要和它們——以及以往的生活，告別的意味。

這是永恆的一瞬，他將會永遠記住，他是面對著使他最難忘的一切而毅然決定捨棄的。他倨傲地笑了，然後，他急急地脫去睡衣，到衣櫥的大鏡子前面去；他對著鏡子，舉舉手臂，現現自己身上的肌肉——雖然他身上的肌肉並不怎麼結實，甚至可以說是有點瘦弱，因為它是那麼蒼白，像是經年看不見陽光似的；但，他並不氣餒，他已經透過那面鏡子，窺見了未來。他想自己會生長得非常壯健，和其他的空軍一樣。

十分鐘之後，他已經穿好衣服，撕下那張廣告，準備到招生處去。錢太太對於他要到外面去，突然感到寬慰；她以為祇要他想走動，他便會恢復過來的。她習慣地叮囑了兩句；他並沒有理會，便走掉了。

在空軍招生處他有點畏怯地排在一隊神采奕奕的小伙子的後面，依次地經過嚴格的身體檢查和各種動作與反應的測驗；他始終以為自己是沒有希望的，當醫官告訴他：他的身體已經合格時，他幾乎懷疑起自己來。同時，因為他在大學唸過三年，所以可以免筆試，祇要等通知書發下來，他便可以直接到虎尾去報到；依照新制，他們要經過一個短時期的試飛，通過這一關，再正式入學訓練。

他昏惑地挾著那份無法抑制的狂喜走出招生處，陽光照在身上，使他有一種輕柔的幸福的感覺。他有點茫然地向前走著，連錢子蓉在背後叫了好幾聲，他都沒有聽見。

錢子蓉急急地追上去，攔住他的去路。

「啊，」他怔了一下，隨即吶吶地低喊道：「小妹，你……你怎麼來的？」

「怎麼來的？」錢子蓉嘟著嘴表示他不該將這樣重大的一件事情瞞住她。然後拖著聲調說：「我跟著你來的嘛！」

他不願意讓她知道，彷彿自己在做一件很不名譽的事情似的，於是他遲疑了一下，便故作輕鬆地回答：

「我來看一個同學，他……他要來考……考空軍。」

「哦，」她輕笑地說：「那太巧了，我也是來看一個人，他也是來考空軍的！」

「是誰？」

「是誰？」妹妹沉下臉色，生氣地說：「就是你！」她阻止他分辯，繼續說下去：「你用不著辯，我已經進去過了！我真不懂，你為甚麼要瞞住我呢，是不是……」

「小妹，」他困難地截住她的話：「我……我不是想瞞妳，我……我怕……」

「怕我告訴媽？」

他輭弱地低下頭。

沉默片刻，錢子蓉同情地靠近他，溫婉地低聲問：

「你以為我會反對你走？」

「不，」他抬起頭，老實地回答：「我怕妳會笑我！」

她真的笑起來了，但並沒有譏誚的成份。

「怎麼會呢！」她認真地說：「我光榮還來不及呀！」

「妳不騙我？」他靦覥地笑著問。

「當然不騙你——你考得怎麼樣？」

「身體合格了，他們說我可以免筆試。」

「那就是說你已經考取了！」

他點點頭，忽然覺得憂心起來。她馬上便從他的神色中覺察到了，於是關切地問：

「你像是一點也不開心似的？」

「我怎麼不開心，」他低聲解釋：「我就是怕，媽那方面，我……我該怎麼辦呢？」

她和他一樣，對於這個問題一時拿不出主意。最後，她自語地問道：

「你不打算告訴她啦？」

「那怎麼行，她一知道就甚麼都完了！」他乏力地喊道：「她就是拚了老命也不會放我走的！」

又沉默一陣，他們開始走起來。錢聖謚大略地將他剛纔在招生處所聽到的事情告訴錢子蓉，同時要她設法攔住那份隨時會寄到家裏來的通知書。

「他們告訴過你確定的日期嗎？」她問。

「據說最遲不會超過一個星期。」他回答：「我想，這幾天我盡量地表現得好一點，走的時候給她留一封信——這樣，妳看是不是會好一點？」

「但願能夠好一點吧！」她虔誠地說。

他們回到家裏，由於心理作祟，錢聖謚對母親的態度突然改變了；他比以前更依順她，甚至有時還故意地做一點小事去討好她，這一點，錢太太在吃中飯時便感覺到了，她當然免不了有點詫異，不過，對於兒子，她總是凡事都向好的那一方面想的，同時她認為自己非常了解他的本性——他永遠需要她！

至於錢子蓉，她除了關照阿美代她截留錢聖謚的信件之外，也利用這個假期每天和他在一起。對於他去考空軍這件事她已經考慮過了，雖然出自本能地她有一點憂慮之外，她是贊成他走的，因為每當她聽到別人用輕蔑的口吻批評她的哥哥時，她感到加倍的恥辱。這幾天，她已經在心裏替自己做了準備：當他走了之後，她應該怎麼樣去安慰母親，同時還要和她幸福的生活在一起。

但，一個星期快要過完了，通知書還沒有寄來。

這天，錢聖謚和錢子蓉去看了一場日場電影回來，一進園門，阿美便緊緊張張地向他們迎上來。

「剛纔有一封少爺的信，太太拿去了！」她急急地說。

「你怎麼要給她呢？」錢子蓉搶著問。

「我沒有給，」阿美不順嘴地分辯：「我在園子裏等那個送信的，送信的來了正好太太也有在，她有看見——她就問我是誰的信？結果，她就拿去了！」

錢聖謚怔怔地望著地下，咬著自己的指甲。錢子蓉本來想多責怪下女幾句的，但覺得事情已經這樣了，也祇好算了。現在，問題在母親會不會拆開了那封信。

「她一定會把信拆開的！」錢聖謚也正在思索這個問題，他肯定地自語道：「她一定會的！」

錢子蓉望望他，然後問阿美：

「太太已經吃過午飯了吧？」

「沒有，」阿美回答：「她說要等你們回來纔吃！」

錢子蓉有一個不幸的預感，但她沒有說出來，為了要安慰哥哥，她緩和地向錢聖謚說：

「我們進去吧，也許她以為這是一封甚麼普通的信呢，萬一，她真的知道了，我們再見機行事好了！」說著，她伸手拉著他，一起向屋子裏走過去。進門之前，她向他低聲要求道：

「你裝得自然一點好不好！」

錢聖謚無可奈何地跟著她走進客廳，心中有著一個罪犯走入法庭時的那種沮喪、疑慮與驚惶的況味。他第一眼便發現母親的眼睛正注視著自己，而就在這一瞬間，他的一切憂慮完全消失了；除了那份關切，注滿了愛的期望，以及那種豐盈的無言的情愛，他在母親的眼睛中找不到半點異樣的感覺。

他鬆弛了下來。在午飯的時候，他故意和妹妹談論著剛纔這場電影的劇情，而且鼓勵母親去看；他說他願意陪她去再看一遍。

「我也陪你們一起去！」錢子蓉接住他的話。

母親慈愛地微笑著，笑中含有一種令他們困惑的成份；但，這種意態又像是因為她要避免接觸他們的某些思想似的，她搖搖頭，表示感激他們的好意。

「我好久沒看過電影了吧？」她淒然地自語道：「我怕我連電影都看不懂了——哦，」她驟然擡起頭：「聖謚，今天有你的一封信！」

他震顫了一下，喃喃地重複著：

「我的信。」

母親並沒有注意他，她平淡地說：

「我放在你的房間裏。」

他瞟了錢子蓉一眼，連忙含糊地邊應著，邊低下頭來使勁扒了兩口飯。

「這樣吃，當心你的胃！」母親溫和地警告道。

這頓飯的時間比平常延長了一點，總算是吃完了；害怕引起母親的疑竇，錢聖謚還故意多陪她談了一些話，纔藉故吃維他命丸溜到樓上去。

那封信平平放在他的書桌上，他迫不及待撕開它，他根本看不清上面寫的甚麼字，他祇感到自己在燃燒，一種極度的幸福和喜悅使他幾乎要為之暈眩了。

「是不是通知寄來了？」妹妹的聲音撼醒了他。他回轉身，將手上的那幾張紙遞給她。

「你唸給我聽，」他說：「我緊張得連一個字都看不下去！」

「你這個樣還能駕駛飛機呀！」她調侃道。

「那又不同啦，」他解釋道：「你不知道那天我去考的時候，連自己都不敢相信會那麼鎮定——你快唸嘛！」

錢子蓉略為看了一下，便告訴他其中的一張是通知書，讓他拿去報到用的；另外一張油印的東西，是告訴他去報到時應帶的衣物，還開列一份非常詳細的單子，要他甚麼可以不帶甚麼可以多帶。

於是，錢聖謚先扣上房門，然後開始忙碌起來。他很快地便將應用的東西收拾好了，放在一隻小旅行箱裏。錢子蓉在一邊幫忙。

「好了，」他扣好箱子，輕鬆地挺直身子說：「完全準備好了！」

「你明天就去報到嗎？」她關切地問。

「嗯，」他肯定地回答：「愈快愈好，再拖下去我怕會變卦啊！」

她想了想，然後輕喟地說：

「好吧，反正你總是要走的，不過——」她忽然扭轉身，並沒有把話接下去。

他叫了兩聲，她沒回答，他纔知道她在哭了。於是他為難地過去撫著她的肩，勸慰道：

「你哭，不是要阻止我去吧？」

她搖搖頭，然後用窒息的聲調說：「我鼓勵你去！不過，你明天就要走了！」

「你不是說我反正總要走的嗎？」

她破涕為笑了，她拭乾眼淚，然後回轉身。

「這幾天我總覺得這是一件很平常的事，很好玩，」她認真地說：「可是現在，我纔曉得你真的要走了，你走了之後——我真不知道要怎麼辦！」

「小妹，」他平靜地捉住她的肩膀，他的平靜，是連他自己也感到意外的，他用一種像是並不是由他發出的聲音說：「我走了，媽一定很難過，所以你要答應我，」他等她點了點頭，纔接著說下去：「你得好好地照顧她。」

她突然軟弱地哭泣起來。為了害怕妹妹的哭會動搖自己的意志，錢聖謚讓她止住了哭，便將她打發走，他說他得靜下來給母親寫一封長信。可是等到她走出了他的房，他驟然被一種可怕的寂寞和孤獨包裹住了。他知道，從現在開始，他便要開始努力去克服它們；同時，他也知道它們是非常頑強的，甚至會比自己更頑強！

這個夜裏，妹妹帶著她那顯然因哭泣過度而浮腫的眼睛，過來看過他兩次，所以他的那封「告別信」很夜很夜纔勉強完成。但，在他和衣躺到自己那張像夢一樣柔軟而溫暖的牀上去之後，他還聽到母親在樓下佛堂裏傳送出來的那種有規律的，虔敬而單調的木魚聲……

二十四

第二天的清晨。由於他們始終沒有睡過，所以當他們躡手躡足地偷偷離開家裏，趕到車站的時候，距離早班南下快車開行的時間足有長長的半個鐘頭。他們買了票，進了站，錢聖謚忽然多慮地恐怕母親會追上來。

「不會的，」錢子蓉安慰他：「就算她發覺我們出來了，也不會想到你會走，當然更想不到要追到車站上來了——你的信她最早也要下午纔收得到。」

他憂鬱地笑了。

「來吧，」她接著說；「我們多說幾句話。」

「說些甚麼呢？」他心不在焉地問。但，他接著又說道：「妳會將我考空軍這件事告訴梁若榆的吧！」

她不解地望望他，然後低聲問：「你不願意我告訴她嗎？」

「怎麼會呢。」他正色地說。

「這次，你不是因為恨她，纔想到離開臺北吧？」

「你完全弄錯了！這次，我應該感激她——是她要我做一個男子漢的！」

「哦，我就沒有功勞了！」

「你不會爭這種功勞，」他真摯地住視著她說：「你跟媽，是我永遠不會忘記的——咦，小妹，你怎麼又……」

等到錢子蓉再回復過來，他們繼續談了一些話，當然也談到金家碧和小李。關於前者，錢聖謐說他要給她寫信的，因為他將要和她一樣孤獨了，至於後者，他要她好好對待他，他相信他仍然是一個好人。

列車快要開行了，他正要上車，就在他要向妹妹說一句告別的話時，忽然僵住了。他看見——那麼清晰地看見，因為她離他們這麼近——母親披著一條黑毛線披肩，那麼愁苦而淒涼地站在月臺的鐵柱旁，定定地注視著他；她的眼睛裏，凝著一層哀怨的淚光。

他的手緩緩地放下來，他凝望著她，沒有說話。錢子蓉怔怔地僵立在一邊。現在，一切思想都離開他了，他等待著，等待著——祇要母親輕輕地說一句，他便會馴服地留下來，永遠倚偎在她的身邊，接受她那無涯的熱愛。

播音器放出悲愁的送別曲，笛聲又響了……

母親突然向他撲過來。他們擁抱著，但，她隨即用力將他推開了。

「你快點上車吧！」她用抑制的顫音說：「火車就要開了！」

「媽！」他再靠近她。他的呼喚是愧疚、痛惜，是人性中最寶貴、最純真、而且是最值得驕傲的情愫。

這是用不著解釋的，他們互相都在這一瞬間了解了。

「別孩子氣，」母親再推開他。安靜地說：「去吧，我知道我不應該再阻攔你，真的，我現在纔覺得我不應該——喏，」她將手上的東西提起來：「把這些東西帶去，魚肝油跟維他命別忘記吃，你的身體不好，呃，如果需要點甚麼，馬上寫信回來！」

他木然地將母親手上的東西接過來，但她阻止他說話。

「用不著替我擔心，」她慈愛地將女兒靠近自己，用顫抖的手指撫著她的肩，說：「子蓉會照顧我的，她也大了——你不是也可以在放假的時候回來看看我們嗎？」

錢聖謚昏惑地站著，說不出半句話。列車要開了，母親和妹妹催他上車。她們替他將東西從車窗遞給他，然後隔著車窗，再說幾句叮囑和慰勉的話。

列車蠕動了，他仍然捉住母親的手，不肯放開。他凝望著母親臉上那蒼老的微笑，他要記住她——她的愛，和一切！

列車逐漸加速，他終於將母親那象徵信賴、溫暖和愛的手放開了，而將自己投進一個巨大的，相同地也象徵著信賴、溫暖和愛的這個偉大時代的手掌裏——努力去創造一個光輝燦爛的將來。

後記

「金色年代」是我民國四十六年在新生報連載的一個長篇，也是我這八年來所出版的第十部小說。以前，當一部新書出版的時候，我總是不大願意寫自序和後記這一類文字的，我始終認為那是一件多餘的事。可是，這次當我看完了校樣，將它重讀一遍之後，心中卻有一種奇異的激動，使我不得不在書末略作申述。

「十」的本身，是有完滿和一件事物結束的含意的，在「十一」——一個新的開始到來之前，我想借這個機會檢討一下我在這一個階段中的得失。

假如說，我已經跨上文學這座神聖偉大的宮殿的門階的話，那麼我這「第一步」未免跨得太大，跨得太狂妄了！是的，對於寫作，我有一份強烈而執拗的狂熱，從民國三十一年在印度蘭姆加軍區一份油印報上發表了一首八行新詩（應該稱為短歌）之後，這十七年來，我像是中了魔一樣，終日以一種虔誠而羞澀的心情，向前探索著。記得在昆明，在南京，我曾經怎樣貪婪地閱讀那些艱深的文藝著作，偷偷地寫那些永遠不會發表的「文章」。在上海，在鎮江，又怎樣大膽地向報紙雜誌投稿。後來在醫學院讀醫的時候，又怎樣丟下書本，每夜去為別人義務編輯副刊；中華全國文藝作者協會江蘇分會成立的那一天，又怎樣拿著通知徘徊在會場外面，沒有膽量走進去。來到臺灣，又怎樣自不量力地創辦賠錢的純文藝雜誌「寶島文藝」。總之，我記得每一個挨餓的日子，為思索而失眠的長夜；失望、興奮、羞辱和癲狂……

現在，我回轉頭，可以十分清晰地瞥見自己所走的路：那是彎曲的，猶豫的，惶惑的，有些時候，我又轉回曾經走過的舊路上去！我的早期作品，幻想多於真實，極力在追求形式與氣氛的美，卻忽略了文字的技巧。

我像是一隻跌進了玻璃缸裏的蒼蠅一樣，東碰碰，西撞撞；我用五年的時間去寫類乎自傳的「紅河三部曲」，用江南口語寫「地層下」，以戰爭寫「狹谷」，以漁民生活寫「安平港」，以大陸人民逃亡寫「血渡」；又以日本為背景寫「歸魂」，用反共義士為題材寫「血旗」；在這幾部書裏，我變換了各個不同的角度和技巧去表現，亦即是說，我並沒有為自已定下一個「風格」（假如還稱得上是風格的話），不過，唯一值得慶幸的，我已經逐漸摒棄了美麗的玄想，空洞浮泛的辭藻，開始趨於自然和寫實。

而「金色年代」，正是我確定自己的一部寫實的作品。如果我現在已經拔起了泥足，認識甚麼叫做「小說」，甚麼叫做「故事」的話，那麼我祇能這樣回答自己：

「那是因為你已經懂得觀察，懂得思想，懂得生活。」

我不再寫我自己，我不再賣弄情節。我寫我身邊的，而且是我所熟悉的人；我所寫的，祇是平凡的故事。「金色年代」就是這樣的一部作品。

這七八年來，我一直生活在一個完全屬於年輕孩子們的圈子裏；我做他們的朋友，看著他們由中學而大學；我參與他們之間所發生的每一件事；我了解他們的思想，熟悉他們的語言，感受到他們的快樂和痛苦；同時，我也從他們而認識每一個幸福和不幸的家庭——總之，他們使我認識「愛」。

親子之愛，手足之愛，友誼與男女之愛，家國與時代之愛；當然，有正確的，也有錯誤的。而且，從他們的經驗中，我發覺錯誤的愛往往比恨更令人難堪的。根據這一點，我纔產生寫下這部小說的動機。我想寫出：我們應該如何去「愛」？如何「生活」？如何「自覺」？

至於表現的技巧方面，我得特別強調一點——但，我要先聲明，我目前這種見解與我從事電影工作是無關的。因為這種現象早已存在了——今日的小說，無論題材的選擇與形式，尤其是在結構上，無疑是已經受到今日電影的影響了！相反地，小說也影響了電影。比如，古典作品的章節，往往是以時代、環境、或者從人物感情與思想的階段而劃分的，而現代的小說，章節就等於「場景」，更富於電影上的「蒙太奇」的意味。

這並不是說，我寫它的時候，便刻意地要它寫得「像一部電影」。但我亦不願意否認，當我寫它的時候，我的腦子裏的確曾經有過電影的聯想。

現在，在這本書出版的同一天，它也同時被搬上銀幕了，正巧亦由我自己執行編導。這種巧合是象徵「十」的完滿嗎？不！那祇是使我抱著更堅定和更狂熱的心情去迎接一個新的開始而已。

在我尚未跨出第二步之前，我期望先進友好和讀者們能給我最嚴厲的批評，指正我的錯誤。

潘壘記於民國四十八年四月十六日晨

潘壘全集9　PG1262

新銳文創
INDEPENDENT & UNIQUE

金色年代

作　　者	潘　壘
責任編輯	廖妘甄
圖文排版	周妤靜
封面設計	蔡瑋筠

出版策劃	新銳文創
發 行 人	宋政坤
法律顧問	毛國樑　律師
製作發行	秀威資訊科技股份有限公司 114 台北市內湖區瑞光路76巷65號1樓 電話：+886-2-2796-3638　傳真：+886-2-2796-1377 服務信箱：service@showwe.com.tw http://www.showwe.com.tw
郵政劃撥	19563868　戶名：秀威資訊科技股份有限公司
展售門市	國家書店【松江門市】 104 台北市中山區松江路209號1樓 電話：+886-2-2518-0207　傳真：+886-2-2518-0778
網路訂購	秀威網路書店：http://www.bodbooks.com.tw 國家網路書店：http://www.govbooks.com.tw

出版日期	2015年2月　BOD一版
定　　價	330元

國家圖書館出版品預行編目

金色年代 / 潘壘著. -- 一版. -- 臺北市 : 新銳文創,
2015.02
面 ; 公分. -- (潘壘全集 ; PG1262)
BOD版
ISBN 978-986-5716-43-1 (平裝)

857.7 103027425

讀者回函卡

感謝您購買本書，為提升服務品質，請填妥以下資料，將讀者回函卡直接寄回或傳真本公司，收到您的寶貴意見後，我們會收藏記錄及檢討，謝謝！

如您需要了解本公司最新出版書目、購書優惠或企劃活動，歡迎您上網查詢或下載相關資料：http:// www.showwe.com.tw

您購買的書名：________________________________

出生日期：________年________月________日

學歷：□高中（含）以下　□大專　□研究所（含）以上

職業：□製造業　□金融業　□資訊業　□軍警　□傳播業　□自由業

□服務業　□公務員　□教職　□學生　□家管　□其它_____

購書地點：□網路書店　□實體書店　□書展　□郵購　□贈閱　□其他

您從何得知本書的消息？

□網路書店　□實體書店　□網路搜尋　□電子報　□書訊　□雜誌

□傳播媒體　□親友推薦　□網站推薦　□部落格　□其他__________

您對本書的評價：（請填代號　1.非常滿意　2.滿意　3.尚可　4.再改進）

封面設計____　版面編排____　內容____　文／譯筆____　價格____

讀完書後您覺得：

□很有收穫　□有收穫　□收穫不多　□沒收穫

對我們的建議：________________________________

____

____

____

請貼
郵票

11466
台北市內湖區瑞光路 76 巷 65 號 1 樓
秀威資訊科技股份有限公司 收
BOD 數位出版事業部

(請沿線對折寄回，謝謝！)

姓　　名：____________ 年齡：________ 性別：□女　□男

郵遞區號：□□□□□

地　　址：____________________________

聯絡電話：(日)____________ (夜)____________

E-mail：____________________________